PIPKE & POPKE

ERLEBNISSE KLEINER WELTBÜRGER

Romana Oosterbeek-Airoldi

IMPRESSUM

Autorin: Romana Oosterbeek-Airoldi

Herausgeber: Romana Oosterbeek-Airoldi, Breda Niederlande

Illustrationen und Satz: Aukje Gorter, www.aukjegorter.nl

Lektorin: Meike Lauer

Druck: Verlag make a book, Neukirchen, Deutschland

ISBN 978-3-943054-88-0

Liebe Eltern, liebe Leser,

es freut mich, dass Sie dieses Buch ausgesucht haben.
Schon lange habe ich die Idee ein Buch für Kinder zu schreiben, um sie spielerisch mit gesunder Ernährung vertraut zu machen.
Durch die kurzen Geschichten, in denen es darum geht, was kleine Kinder täglich erleben – z.B. im Supermarkt, beim Zähne putzen, im Turnverein, im Park, Schlitten fahren usw. – hören die Kleinen ganz nebenbei, dass gute Ernährung wichtig ist, um gesund und fit zu bleiben.
Verständnis für die richtige Ernährung und ein gesundes Essverhalten können Sie Ihren Kleinen schon früh beibringen.

Diese Geschichten sind auch sehr gut für Schulanfänger geeignet, Kinder die gerade lesen lernen und wissen sollten, dass sie auch schlau sein müssen, um sich richtig zu ernähren.

Sie finden in diesem Buch schöne Rezepte, auch aus anderen Kulturen, dazu Informationen über Nahrungsstoffe und Tipps für den Alltag. Gesundes Essen und Trinken und viel Bewegung sind wichtig für einen gesunden Körper und einen gesunden Geist.

Gerne möchte ich mich bei Allen bedanken, die mir bei der Verwirklichung meines Buches geholfen haben.

Mein besonderer Dank gilt Meike Lauer, Martina Schorb, Dr. Fritz Meckel, Felicitas Kolody und Vera Schulte.

Viel Spaß beim Vorlesen und guten Appetit,

wünscht Ihnen

Romana Oosterbeek-Airoldi

INHALTSANGABE

EINE IDEE FÜR ELTERN

Pipke und Popke spielen in diesem Büchlein die Hauptrollen.
Sie gehen in den Kindergarten oder sind gerade in die Schule gekommen.
Pipke und Popke haben tolle Freunde.
Sie spielen gerne draußen, treffen sich mit Freunden und machen mit den Eltern, dem Vater oder der Mutter tolle Ausflüge.
Einige Freunde kommen aus anderen Ländern. So lernen Pipke und Popke auch Rezepte aus anderen Kulturen kennen.
Und ganz nebenbei hören Pipke und Popke, dass gute, abwechslungsreiche Ernährung wichtig ist, um fit und gesund zu bleiben.

Sie können mit Ihren Kindern die Zeichnungen anschauen und mit ihnen darüber sprechen, was auf den Bildern zu sehen ist.

Kinder vom Mars sehen sich ein wenig um

Was ist das?
Zwei kleine Gesichter schauen bei Pipke und Popke durchs Küchenfenster. Es sind zwei Kinder vom Planeten Mars. Sie haben gehört, dass Menschen zu ihnen auf den Mars kommen wollen und möchten gerne wissen, was die Menschenkinder auf der Erde so essen.
„Mal schauen, worauf wir uns einstellen müssen", sagt Mi. „Ja, ich bin auch gespannt", sagt Mo.
Voller Staunen sehen sie, dass zwei Kinder ihrer Mutter helfen, etwas Leckeres zum Frühstück vorzubereiten.
„Oh, schau mal Mi, was für schöne Farben: rot und gelb und grün", sagt Mo.
„Ja", antwortet Mi, „das sind schöne bunte Farben."
Mi und Mo lauschen, was die Mutter sagt: „Heute machen wir leckere Pfannkuchen zum Frühstück und dazu gibt es frischen Obstsalat."
„Hm, lecker!", ruft Pipke. „Erst schneide ich das Obst klein", sagt die Mutter. Sie nimmt die Erdbeeren, Bananen und Kiwis und schneidet alles in kleine Stücke.
„Ihr dürft den Teig rühren", sagt sie und gibt alle Zutaten für den Teig in eine große Schüssel.
Pipke und Popke bekommen einen großen Löffel und rühren fleißig den Teig. Das macht riesigen Spaß. Pipke nimmt mit seinem Finger etwas von dem Teig. „Hm, lecker!", ruft er. „Willst du auch einmal probieren, Popke?"
„Ja", sagt Popke und geht mit ihrem Finger auch in den Teig. „Nein, nicht!", sagt die Mutter, „sonst bleibt nichts mehr für die Pfannkuchen übrig."
Sie gibt einen Löffel Teig in die Pfanne und backt einen herrlichen Pfannkuchen. Dann den nächsten und noch einen. „Hier, ihr beiden, ihr könnt die Pfannkuchen auf einem Teller stapeln, dann bleiben sie schön warm", sagt die Mutter.
Der Vater kommt in die Küche. „Guten Morgen, gut geschlafen?", fragt er. „Ja", rufen Pipke und Popke und laufen zum Vater, um ihn zu begrüßen. „Hm, hier riecht es aber gut", sagt er und fragt: „Wer hilft mir, den Tisch zu decken?"
„Ich!", ruft Pipke, nimmt einen Teller und gibt ihn dem Vater. „Ich auch!", ruft Popke und bringt dem Vater einen Becher für die Milch. Dann können sich alle hinsetzen. „Hier ist ein leckerer Pfannkuchen für Pipke und dieser ist für

Popke", sagt die Mutter und legt jedem einen Pfannkuchen auf den Teller.
„Darf ich mir etwas Obstsalat nehmen?", fragt Pipke. „Ich auch!", ruft Popke.
„Ja", antwortet der Vater, „ich helfe euch. Obstsalat ist lecker und gesund. So werdet ihr groß und stark und wir bleiben auch fit." Er lacht und schaut zur Mutter hinüber.
Mi und Mo sind sehr beeindruckt. „Das ist ja toll! Wir bekommen nur Vitamintabletten und Wasser", sagt Mi. „Ja, das ist langweilig", sagt Mo. „Hier gibt es leckeres Essen. Was mich betrifft, dürfen die Menschenkinder auf unseren Planeten kommen."
Mi und Mo sehen sich noch ein wenig um und fliegen anschließend zurück zum Mars.

FÜR DIE ELTERN

Informationen über den Planeten Mars

Der Planet Mars verdankt seinen Namen dem römischen Kriegsgott Mars. Seine rote Farbe wurde mit dem Blut der gefallenen Soldaten in Zusammenhang gebracht.
Warum der Planet Mars rot ist, hängt aber damit zusammen, dass im Gestein auf dem Mars viel Eisenoxyd vorkommt. Die rote Farbe ist Rost. Das bedeutet, dass auf dem Planeten Mars Wasser gewesen sein muss. Es sind deutlich Spuren zu sehen. Auch hat der Planet eine Atmosphäre, wodurch ein Leben auf dem Mars denkbar wäre. Allerdings ist es dort viel kälter als auf der Erde.

Rezept für Pfannkuchen (oder Waffeln) und Obstsalat (4 Personen)

Zutaten:

125 g Mehl, 4 Eier, 1/4 l Milch, 1 Päckchen Vanillezucker, Butter zum Backen.

Zubereitung

Etwas Butter in der Pfanne schmelzen und einen El Teig hinein geben.
Den Pfannkuchen auf beiden Seiten etwa 2 Minuten bei niedriger Temperatur backen.
Die fertigen Pfannkuchen auf einem Teller stapeln und bei 50 °C im Ofen warm halten.

Obstsalat

500g Erdbeeren, 3 Kiwis, 2 Bananen: in kleine Stücke schneiden und mischen.
Je nach Saison können auch Waldfrüchte genommen werden.
Obstsalat auf den Pfannkuchen geben und servieren.
Zucker ist nicht nötig.
So gewöhnen sich die Kinder nicht an allzu Süßes.

Obst ist vitaminreich und enthält Ballaststoffe, die für die Verdauung wichtig sind.
Obst hat wenige Kalorien und ist darum gut für ein gesundes Gewicht.

Pipke und Popke am Loch Ness

Pipke und Popke sind mit ihren Eltern in den Ferien in Schottland. „Kommt!", ruft der Vater, „schnell anziehen, wir wollen heute zum Loch Ness."
„Oh", ruft Pipke, „da wohnt doch das Ungeheuer, Papa?" „Ja", antwortet der Vater. „Wir werden mal schauen, ob wir das Ungeheuer sehen können."
„Hm, ich weiß nicht", sagt Popke ein wenig ängstlich. „Ist das Ungeheuer nicht gefährlich?"
„Nein", sagt der Vater. „Es ist ein liebes Ungeheuer, es heißt Nessie und hat noch niemandem etwas zu Leide getan. Meistens versteckt es sich, weil es seine Ruhe haben möchte. Man kann Nessie nur ganz selten sehen."
Die Mutter kommt ins Zimmer und fragt: „Seid ihr fertig?"
„Wir wollen zum Ungeheuer!", ruft Pipke ganz aufgeregt. „Es heißt Nessie und wohnt in einem Loch." Die Mutter lacht. „Loch ist das schottische Wort für einen See." „Ach so, dann wohnt Nessie in einem See", sagt Pipke und nickt.
Sie laufen zum Auto und fahren nach Loch Ness. Der Vater hält an einer schönen Stelle, von wo aus man einen guten Blick über den See hat.
„Komm, Popke, wir gucken, ob wir das Ungeheuer sehen können!", ruft Pipke.
Aber Popke versteckt sich gleich hinter der Mutter.
Pipke ist ganz aufgeregt. „Wohnt hier das Ungeheuer, Papa?" „Ja, hier hast du ein Fernglas. Schau' mal, ob du es sehen kannst." „Das ist aber ein großer See, Papa", sagt Pipke und guckt ganz gespannt auf den See. Dann ruft er:

„Oh, ja, ich sehe etwas! Ich kann etwas sehen!" Seine Stimme überschlägt sich beinahe. „Ich sehe etwas, schau mal Papa, da!" Pipke weist mit seinem Finger auf den See.
„Wo?", ruft Popke, die hinter der Mutter vor kommt und jetzt doch auch mal gucken möchte.
„Ja, in der Ferne sehe ich auch etwas im Wasser, das könnte es sein", sagt die Mutter.
Popke ruft: „Darf ich auch durch das Fernglas schauen, Papa?" „Ja, natürlich!", sagt der Vater. „Hier, bitte. Schau mal, ob du Nessie sehen kannst."
„Es hat einen langen Hals und einen kleinen Kopf", sagt die Mutter. Sie lächelt und schaut zum Vater hinüber. „Was haben wir für ein Glück."
Und plötzlich ist das Ungeheuer weg.
„Oh, wo ist Nessie jetzt?", fragt Popke. „Nessie ist wieder weg."
„Ja, es ist schon spät", sagt der Vater. „Nessie geht jetzt schlafen. Nach dem Essen fahren wir zu unserer Hütte und gehen auch schlafen."
Im Gasthof sehen sie sich die Speisekarte an. Der Vater liest vor: „Haggis, tja, wenn wir schon mal in Schottland sind, sollten wir auch das schottische Nationalgericht probieren. Was meint ihr?" „Ja, das denke ich auch", sagt die Mutter. „Was ist Haggis?" fragt Pipke. „Haggis ist zu vergleichen mit unserer Wurst, nur etwas anders", erklärt der Vater.
„Ja, das will ich auch mal probieren, Papa", sagt Pipke. „Na, ich bin gespannt, was ihr davon haltet", sagt der Vater und ruft den Ober.

FÜR DIE ELTERN

Haggis ist ein typisches schottisches Fleischgericht. Herz, Lunge und Leber vom Schaf werden gekocht und dann klein gemahlen, anschließend mit Fett, Zwiebeln und Hafermehl vermengt, mit Salz, Pfeffer und Kräutern gewürzt und in den Schafsmagen gefüllt. Der gefüllte Schafsmagen wird in Salzwasser gegart.
Heute werden auch andere Materialien mit dem Gemisch gefüllt, wie sie z.B. bei der Wurstherstellung verwendet werden.
Meistens wird Haggis mit Kohlrabi und Kartoffelpüree gegessen.

Zähne putzen

Pipke und Popke haben bei Oma übernachtet. Sie kommen in die Küche gelaufen.
„Guten Morgen, Oma!"
„Guten Morgen, ihr beiden. Ihr kommt gerade recht, das Frühstück ist fertig."
Pipke und Popke setzen sich an den Tisch. „Hm, lecker, Oma!" Oma lacht.
„Das freut mich, dass es euch schmeckt."
Nach dem Essen, sagt die Oma: „Wenn ihr fertig seid, könnt ihr eure Zähne putzen."
Pipke und Popke laufen ins Badezimmer. Oma nimmt zwei Zahnbürsten und drückt etwas Zahncreme darauf.
„Hier hast du deine Zahnbürste, Pipke", sagt sie „und das ist deine, Popke."
„Darf ich selbst meine Zähne putzen, Oma?", fragt Pipke. „Ja, ich auch!", ruft Popke. Oma lacht. „Ja, lasst mal sehen, wie ihr das macht."
„Du musst auch deine Zähne putzen, Oma!", sagt Pipke. „Darf ich die Zahncreme auf deine Zahnbürste geben, Oma?", fragt Popke. „Ja, aber nicht zu

viel, hörst du?" Popke gibt etwas Zahncreme auf Omas Zahnbürste. „Gut so", sagt Oma.
Pipke putzt ganz eifrig seine Zähne. „So, Oma?", fragt er. „Ja, von rot nach weiß und von vorne nach hinten", sagt die Oma.
Auch Popke putzt ihre Zähne sehr aufmerksam. „Ist es so gut, Oma?", fragt Popke mit der Zahnbürste im Mund, so dass der Schaum aus ihrem Mund kommt. Pipke kichert: „Jetzt hast du einen Bart, Popke." „Das macht ihr beide sehr gut!", sagt Oma und lacht.
„Nach dem Essen immer gut die Zähne putzen, damit keine Löcher in die Zähne kommen", erklärt Oma. „Ja, das wissen wir. Das haben uns Mama und Papa auch gesagt. Und dass wir nicht so viel naschen sollen!", ergänzt Pipke. „Sonst kommen kleine Bakterien und machen unsere Zähne kaputt. Stimmt's Oma?", fragt Popke. „Ja, und das tut sehr weh!", sagt Pipke ernst.
„Das ist richtig", bestätigt Oma. „Und wenn ihr mal keine Gelegenheit habt, eure Zähne zu putzen, könnt ihr etwas Wasser trinken, um die Essensreste wegzuspülen."

Für die Eltern

Tipps fürs Zähneputzen und gesunde Ernährung

Nicht zu viel Süßes zwischendurch.
Natürlich kann Ihr Kind ab und zu mal naschen, nur nicht so viel.
Eine gesunde Ernährung sorgt dafür, dass das Gebiss und das Zahnfleisch mit Mineralstoffen versorgt werden, die für ein starkes und gesundes Gebiss nötig sind.
Gute Zwischenmahlzeiten sind: ein Stück Obst mit Joghurt, Mohrrüben, ein Glas Milch oder eine Schnitte Vollkornbrot mit Käse. Die Nahrung muss gut gekaut werden; dadurch hat man mehr Speichel im Mund, der dafür sorgt, dass die Mineralstoffe gut aufgenommen werden können. Außerdem werden Essensreste besser weggespült.
Auch das Milchgebiss muss regelmäßig geputzt werden. Die Milchzähne sorgen dafür, dass für die bleibenden Zähne, die erst noch im Kiefer wachsen müssen, genug Platz vorhanden ist.

Beim Zahnarzt

Heute gehen wir zum Zahnarzt, er wird nach euren Zähnen sehen", sagt die Mutter als sie zu Pipke und Popke ins Zimmer kommt.
„Meine Zähne sind immer gut geputzt, Mama!", ruft Popke.
„Ja, meine Zähne auch", erwidert Pipke.
„Fein", antwortet die Mutter, „dann können wir ja beruhigt gehen", sie lächelt.
In der Zahnarztpraxis angekommen, werden sie von der Assistentin freundlich empfangen.
„Guten Morgen, da seid ihr ja schon", sagt sie.
„Guten Morgen!", rufen Pipke und Popke.
„Nehmt bitte noch einen Moment im Wartezimmer Platz. Der Zahnarzt kommt euch gleich holen."

„Im Wartezimmer sind Bausteine und Bilderbücher, dort könnt ihr solange spielen", sagt die Mutter.
„Komm, wir bauen einen Turm", schlägt Pipke vor. „Ja, einen ganz hohen Turm", antwortet Popke.
Die Zeit vergeht schnell und der Zahnarzt ruft Pipke und Popke ins Behandlungszimmer.
„Na, dann will ich mal nach euren Zähnen schauen", sagt er freundlich. „Wer will zuerst?"
„Ich!", ruft Pipke. „Gut, das nächste Mal ist dann Popke als erste dran", sagt der Zahnarzt.
Pipke setzt sich auf den Stuhl und bekommt ein Tüchlein umgehangen. „Haha, ein Schlabberlätzchen", sagt Pipke. Dann wird die Rückenlehne des Stuhls nach hinten gekippt. Pipke liegt nun auf seinem Rücken, so dass der Zahnarzt gut in seinen Mund sehen kann. „So ist es gut", sagt er. Der Zahnarzt geht mit einem kleinen Instrument alle Zähne entlang. „Ja, das sieht sehr gut aus", er nickt zufrieden. „Du hast deine Zähne gut geputzt. Du darfst aufstehen und dir etwas aus der Spielzeugkiste nehmen."
Nun klettert Popke auf den großen Stuhl und bekommt auch ein Tüchlein umgehangen. Sie macht ihren Mund ganz weit auf. „Gut so", sagt der Zahnarzt. „Ja, deine Zähne sehen auch gut aus, Popke", stellt er zufrieden fest.
„Darf ich auch mal gucken?", fragt Pipke. „Wenn deine Schwester nichts dagegen hat, habe ich auch nichts einzuwenden", antwortet der Zahnarzt.
Popke nickt, denn mit offenem Mund kann sie ja nicht sprechen. Pipke steigt auf den Zahnarztstuhl und schaut in Popkes Mund. „Das sieht gut aus, Popke", sagt er.
„Popke darf sich auch etwas aus der Spielzeugkiste aussuchen", sagt der Zahnarzt und lacht.
„Nun Mama noch!", ruft Pipke.
Die Mutter setzt sich auf den Stuhl und der Zahnarzt kontrolliert auch ihre Zähne. „Wollt Ihr auch mal gucken, Kinder?", fragt er. „Ja!", rufen Pipke und Popke. Sie steigen auf den Stuhl und schauen in den Mund ihrer Mutter.
„Das sieht gut aus, Mama", sagt Pipke. „Ja, du hast deine Zähne gut geputzt, Mama", stellt Popke fest. Der Zahnarzt nickt und alle lachen.
Die Mutter steht auf und geht zur Tür: „Vielen Dank. Kommt Kinder, dann können wir gehen."
„Bis zum nächsten Mal", sagt der Zahnarzt und reicht Pipke und Popke die Hand.
„Tschüss!", rufen die beiden und laufen aus dem Zimmer.

Für die Eltern

Es gibt verschiedene Zahnarten:
Einmal Frontzähne: die Schneidezähne, mit ihnen kann man das Essen gut durchbeißen und mit den Eckzähnen, die etwas länger sind als die Schneidezähne und spitz sind, kann man das Essen gut festhalten.
Zum anderen Backenzähne: Mit ihnen kann das Essen gut gekaut werden.
Babys bekommen mit sechs bis acht Monaten ihre ersten Zähnchen, die Milchzähne.
Das Milchgebiss besteht aus 20 Zähnen, 10 oben und 10 unten.
Mit ungefähr sechs bis acht Jahren fallen die Milchzähne aus; an ihre Stelle treten die großen, zweiten Zähne.
Auch die Milchzähne müssen gut versorgt werden, weil sonst das bleibende Gebiss, welches schon im Kiefer vorhanden ist, beschädigt werden könnte.
Ein Grund für ein schlechtes Gebiss ist zu viel Zucker in der Nahrung.
Bakterien setzen Zucker in Säuren um, die den Zahnschmelz angreifen und dadurch können in den Zähnen Löcher entstehen.
Richtige Zahnpflege und gute Ernährung sind für ein gesundes Gebiss wichtig.
Unter anderem ist Käse gut geeignet; er enthält Milcheiweiß (Casein) und Calcium und sorgt für eine starke Zahnoberfläche.
Auch Joghurt ist gut für starke und weiße Zähne.

Tipps

Lassen Sie Kinder schon früh aus einem Becher trinken; am besten ist Wasser oder Tee ohne Zucker.
Wenn Ihr Kind Saft trinkt, ist es wichtig zu wissen, dass nach süßen Getränken oder süßem Essen der Mund gespült werden sollte. In den Getränken ist nicht nur Zucker enthalten, sondern es sind auch Säuren vorhanden, die den Zahnschmelz beschädigen.
Schwarzer Tee ist nicht gut, da er die Zähne verfärben kann und Coffein enthält, wodurch die Kinder unruhig werden können und schlechter schlafen.
Auch in Limonaden sind Stoffe enthalten, wodurch die Kinder unruhig werden können.
Lassen Sie Babys beim Einschlafen nicht an der Flasche nuckeln.
Gewöhnen Sie Ihre Kinder an feste Essenszeiten.

Schmuck aus Uganda

Pipke und Popke kommen ins Wohnzimmer gelaufen. „Mama, was machst du da?", fragt Pipke. Die Mutter sitzt an ihrem Schreibtisch und hat den Computer an. „Ich habe hier eine sehr schöne Webseite gefunden und möchte mir etwas aus diesem Katalog bestellen."
„Darf ich mal schauen?", fragt Pipke. „Ja, ich auch!", ruft Popke. „Schaut mal, hier, diese Kette gefällt mir sehr.""Oh, die ist schön!", ruft Popke. „Ja, die gefällt mir auch", sagt Pipke. „Die Ketten werden aus Papier gemacht, von Frauen in einem Flüchtlingslager in Uganda", erklärt die Mutter. „Aus Papier?", fragt Popke ungläubig. „Ja, es ist Altpapier. Daraus kann man noch sehr schöne Sachen machen und es ist für die Umwelt besser als Plastik." Pipke und Popke nicken. Die Mutter fährt fort: „Durch diese Arbeit können die Frauen Geld verdienen und für ihre Kinder gesunde Lebensmittel einkaufen."
„Ah!", sagt Popke, „haben die Kinder dort auch so leckeres Obst wie wir?"
„Ja, dort gibt es auch Obst. Es ist aber teuer. Das können die Mütter nicht bezahlen", antwortet die Mutter. „Oh, arme Kinder!", Popke seufzt. „Wir können den Frauen dort helfen, indem wir ihren selbstgemachten Schmuck kaufen", erklärt die Mutter. „So können sie für ihre Kinder Obst und Gemüse kaufen und gesunde Mahlzeiten zubereiten." „Gehen die Kinder auch in die Schule?", fragt Pipke. „Wenn die Eltern genug Geld verdienen, können sie ihre Kinder in die Schule schicken. Dort können die Kinder etwas lernen und haben dadurch bessere Zukunftsaussichten", antwortet die Mutter. „Schau,

Mama", sagt Popke und zeigt auf den Bildschirm. „Die Kinder haben schöne Armbänder um! Darf ich mir auch ein Armband aussuchen?" „Ja", lacht die Mutter. „Ihr dürft euch beide ein schönes Schmuckstück aussuchen. Seht, hier, für Jungen gibt es auch Armbänder", die Mutter weist auf das Foto. „Welche Farbe möchtest du, Pipke?", fragt sie. „Ich möchte gerne das lila Armband mit den Schnüren", antwortet Pipke. „Und du, Popke, welches Armband hättest du gerne?" „Ich möchte gerne das bunte Armband; das mit den vielen Farben, das gefällt mir am besten", sagt Popke begeistert. „Na, dann werde ich gleich die Bestellung aufgeben", sagt die Mutter und füllt das Bestellformular aus. Die Kinder strahlen.

Für die Eltern

Der Schmuck wird aus Altpapier hergestellt; er ist leicht, wasserdicht und komfortabel zu tragen. Es gibt auch Handtaschen und Obstschalen aus Altpapier.
Dieses Projekt wurde durch Stella Airoldi ins Leben gerufen, Gründerin von www.22stars.com

Rezept für afrikanischen Bananen-Kokos-Pudding (4 Personen)

250 ml Kokosmilch, 200 ml Milch, 3 Bananen (schon ein wenig braun), 3 Eier, 1 Päckchen Vanillezucker, ein wenig Butter für das Backblech.

Zubereitung

Ofen auf 150°C vorheizen. Alles in einer Schüssel pürieren.
Das Gemisch über das eingefettete Backblech verteilen und 30 Minuten backen. Danach in Stücke schneiden.
Der Pudding kann warm oder kalt gegessen werden, eventuell mit frischem Obst

Rezept für eine herrliche Gemüsepfanne (4 Personen)

2 Zwiebeln, 3 bis 4 Knoblauchzehen, 1 El Olivenöl, 2 bis 3 Paprika (rot, grün, gelb), 2 Zucchini, 1 bis 2 Auberginen, 500g Tomaten, Thymian, Oregano, Rosmarin, schwarzer Pfeffer

Zubereitung

Zwiebeln, Paprika, Zucchini und Auberginen klein schneiden (Aubergine wässern, damit der bittere Geschmack entfernt wird) und mit den Knoblauchzehen und einem Schuss Öl in eine Pfanne geben. 1 bis 2 Min. backen. Dann 500g Tomaten in Stücke schneiden und mit einer Handvoll feingehackten Kräutern (Thymian, Oregano und Rosmarin) dazu geben. Frisch gemahlenen Pfeffer darüber streuen und mit einem Deckel auf der Pfanne 30-45 Min. dünsten.
Das Gemüse kann auch mit Knoblauch und Kräutern und einem Schuss Öl im Ofen geröstet werden.
Das Gemüse kann warm mit Couscous oder Reis gegessen werden oder kalt mit einem Baguette.
Mein Rat: kein Salz zufügen. Durch die frischen Kräuter bekommt das Gemüse einen herrlich würzigen Geschmack.
Kinder sollten auch nicht zu viel Salz essen. Das beeinflusst ihr Geschmacksempfinden.
In vielen Lebensmitteln ist zu viel Salz enthalten.

Ostereier suchen

„Komm, Popke, Mama und Papa rufen, hörst du?" „Pipke! Popke! Kommt ihr? Ich glaube, der Osterhase hat etwas für euch versteckt", ruft die Mutter vielversprechend.
Pipke und Popke kommen angelaufen. „Wo?" fragt Popke. Der Vater lacht. „Schaut euch mal gut um. Weil es leider regnet, hat der Osterhase in der Wohnung ein Versteck gesucht. Aber wo?", der Vater runzelt seine Stirn. „Komm, Popke, komm, lass' uns suchen", ruft Pipke. Die beiden suchen überall, können aber so schnell nichts finden. Popke ist ganz enttäuscht. Pipke guckt unter den Stuhl und unter den Tisch. „Nein, hier ist nichts." Er läuft weiter und sieht auf dem Sofa nach. „Hier ist auch nichts, Papa", sagt er. Popke sucht unter dem Schrank. „Nein, hier ist nichts", sagt sie und schaut auch in den Blumentopf. „Nein, ich kann nichts finden", sagt Popke traurig. „Ich auch nicht", sagt Pipke ganz ratlos.
„Ihr dürft nicht so schnell aufgeben, sucht mal weiter", sagt die Mutter. Pipke und Popke laufen Richtung Tür. „Ja, hier wird es schon wärmer", sagt der Vater. „Oh, ja?", fragt Pipke und läuft schnell weiter. Er öffnet die Tür

und schaut um die Ecke. „Ja, hier steht etwas, ein Körbchen mit bunten Ostereiern", sagt Pipke fröhlich.
„Und ich?" Popke schaut sich fragend um. „Für dich hat der Osterhase auch etwas versteckt", sagt die Mutter aufmunternd. „Ja", sagt Popke mit zaghafter Stimme und sucht weiter. „Vielleicht da in der Ecke, Popke? Schau mal nach", sagt die Mutter. Popke läuft zum Tisch, der in der Ecke steht; darüber hängt eine lange Tischdecke. Popke hebt die Tischdecke etwas hoch und entdeckt ein Körbchen. „Oh, da steht noch ein Körbchen!", sagt Popke und ist ganz glücklich. Beide Kinder packen ihre Körbchen aus; darin sind schöne bunt gefärbte Eier, Hefte zum Malen und Buntstifte. „Oh, wie schön", rufen beide und springen vor Freude in die Luft.
„Dürfen wir ein Ei essen, Mama?" fragt Pipke. „Jetzt nicht. Ich habe für uns einen leckeren Osterbrunch vorbereitet", antwortet die Mutter. „Hm, ich habe Hunger", sagt der Vater. „Ich auch", sagt Popke und alle setzten sich an den herrlich gedeckten Tisch.

Für die Eltern

Ostern ist ein wichtiges Fest für die Christen; es wird die Auferstehung Jesu Christi von den Toten gefeiert. Ostern wird nach dem ersten Vollmond im Frühling gefeiert.
Was hat der Osterhase mit Ostern zu tun? Der Hase steht für Fruchtbarkeit und das Ei für den Beginn von neuem Leben. Der Frühling beginnt.

Rezept für Filoteig-Törtchen mit Lachs (9 Stück)

Filoteig ist vergleichbar mit unserem Blätterteig aber sehr viel dünner.
100g geräucherter Lachs, 250 g Ricotta, 2 bis 3 Frühlingszwiebeln, 1 Zitrone, 5 Platten Filoteig auftauen, ein wenig Pfeffer, geschmolzene Butter

Zubereitung

Ofen auf 200°C vorwärmen. Muffinförmchen einfetten. Filoteig mit Butter einfetten, aufeinander legen und in neun Stücke schneiden. Die fünf Lagen neunmal sternförmig in ein Muffinförmchen aufeinander legen.
15 Minuten im Ofen braun backen.
Inzwischen die Bundzwiebeln klein schneiden und mit etwas frisch gemahlenem Pfeffer, abgeriebener Zitronenschale und Ricotta mischen.
Nachdem die Muffinförmchen abgekühlt sind, mit dem Ricotta-Gemisch füllen und darauf die Lachsstücke verteilen.
Es können auch Shrimps genommen werden.
Bei Blätterteig muss man ja Backerbsen oder so zum Blindbacken einfüllen, damit nach dem Backen der Förmchen noch Platz für die Füllung bleibt.

Rezept für Avocado und Ei auf Brot (8 Stück)

Acht Scheiben Brot, 2 Avocados, 2 Eier, Pfeffer, etwas Seesalz, Kresse

Zubereitung

Hart gekochte Eier in Scheiben schneiden. Avocado halbieren, den Kern herausnehmen. Die Avocado schälen, in Scheibchen schneiden und auf das Brot legen. Darauf die Scheiben Ei geben und mit Kresse, schwarzem Pfeffer und etwas Seesalz bestreuen.

Rezept für Lachs als Vorspeise (für 4 Personen)

100g Frischkäse, 125g saure Sahne, etwas frischen Dill, 100g geräucherter Lachs, 1/4 Salatgurke in kleinen Stücken, 1 Zitrone, 1 Beutel Croutons a 30g, 1 Prise Pfeffer

Zubereitung

Halbe Zitrone auspressen, die andere Hälfte in vier Stücke schneiden.
Saure Sahne und Frischkäse pürieren. 1/2 El feingehackten Dill dazugeben, Zitronensaft und ein bischen Pfeffer, gut umrühren.
Die Mischung in kleine Gläser füllen, darüber die Stücke Lachs, Salatgurke und Croutons verteilen und mit Dill verzieren.

Getränke

Beerensaft (4 Gläser)

40 Blaubeeren, 2 Limetten, Rivella, Eiswürfel, frische Pfefferminz

Zubereitung

Die Beeren mit Limettensaft pürieren. Den Brei mit einem Löffel durch ein Sieb drücken und den Saft auffangen. Auf 4 Gläser verteilen. Eiswürfel dazugeben und einige Blaubeeren. Mit Rivella auffüllen und mit frischer Pfefferminz dekorieren.
Anstelle von Rivella kann auch Ginger Ale genommen werden.

Birnensaft (4 Gläser)

(Gluten- und Laktosefrei)
1 Birne, Mineralwasser mit Kohlensäure, 4 Zimtstöckchen, 2 Zitronen, eventuell Eiswürfel.

Zubereitung

Zitronen auspressen, über 4 Gläser verteilen.
Die Birne in Stücke schneiden und in die Gläser geben, eventuell Eiswürfel dazu geben.
Die Gläser mit 1/3 Birnensaft und 2/3 Mineralwasser füllen. In jedes Glas ein Zimtstöckchen geben und ein Stück Zitrone.
Anstelle von Mineralwasser kann auch Tonic genommen werden.

Im Kräutergarten

„Guten Morgen, Kinder." Der Vater kommt lächelnd ins Zimmer. „Nach dem Frühstück gehen wir in den Kräutergarten." „Was ist ein Kräutergarten?", fragt Pipke.
„Dort könnt ihr sehen, wie aus kleinen Saatkörnern leckere Kräuter wachsen", antwortet der Vater. „Ja, so wie Petersilie und Schnittlauch", sagt die Mutter, die gerade zur Tür herein kommt. „Oh, ja, toll!", rufen Pipke und Popke.
„Wenn ihr fertig seid, können wir gehen", sagt der Vater. „Noch schnell die Stiefel an und los geht's."
Im Kräutergarten werden sie von der Kräuterfrau begrüßt.
„Hallo, ihr beiden, ich bin Marielle. Schön, dass ihr mit euren Eltern hierhergekommen seid!
Hier könnt ihr sehen, was nötig ist, um herrliche Kräuter zu ernten. Aber es ist viel Arbeit, bis es so weit ist. So muss z.B. regelmäßig Unkraut gejätet werden. Wollt ihr helfen?" „Ja, ich will mithelfen", sagt Pipke. „Ich auch", sagt Popke. Marielle gibt Pipke und Popke eine Unkrauthacke. „Schaut, ich zeige euch, wie ihr Unkraut jäten könnt." Pipke und Popke probieren es gleich. „Guck, Pipke, hier ist viel Unkraut", sagt Popke. „Ja, hier auch", antwortet Pipke. Nach einer Weile fragen sie: „Was muss jetzt gemacht werden?" „Seht her, hier ziehe ich

eine kleine Rinne. So. Seht ihr? Hier kommen die Saatkörner rein." „Oh, die sind klein", sagt Pipke. „Ja, und später wachsen daraus wunderbar würzige Kräuter", sagt Marielle. Pipke und Popke geben ihr Bestes und helfen gut mit. „Wir sind stolz auf euch", sagt der Vater.
„Ihr habt ganz toll mitgeholfen! Ihr habt nun sicher Durst! Wollt ihr etwas trinken?", fragt Marielle. „Ja, gerne", rufen Pipke und Popke. „Ich habe frischen Kräutertee für euch", sagt die Kräuterfrau. „Hm, lecker", sagt Popke. Nachdem sie den Tee getrunken haben, fragt Pipke: „Dürfen wir bald wieder kommen, um zu sehen, wie die Kräuter gewachsen sind?"
„Ja, aber natürlich!", antwortet Marielle. In elf, zwölf Tagen könnt ihr schon etwas sehen. Dann werden die Pflänzchen umgepflanzt." „Warum denn?", fragt Popke. „Die Pflänzchen haben mehr Platz nötig, um gut wachsen zu können. Darum müssen sie in einem größeren Abstand zueinander in die Erde gepflanzt werden. Und in etwa zehn Wochen ist es dann soweit und könnt ihr bei der Ernte helfen." „Oh, ja!", sagt Pipke. „Das ist eine gute Idee, das machen wir", antwortet der Vater. „Wenn es soweit ist, dürft ihr euch etwas Petersilie und Schnittlauch abschneiden und mit nach Hause nehmen", sagt Marielle. „Aber auch zwischendurch seid ihr willkommen mitzuhelfen. Die kleinen Pflänzchen müssen Wasser haben." „Und sicherlich muss wieder Unkraut gejätet werden", wirft die Mutter ein. Alle lachen.
„Hier habe ich noch selbstgemachtes Pesto und für euch leckere Erdbeermarmelade!", sagt die Kräuterfrau und lächelt.
„Oh, danke", rufen Pipke und Popke, „hm, lecker!"
Dann gehen sie müde aber zufrieden nach Hause.

Für die Eltern

Rezept für Pesto

4 Knoblauchzehen, 30g Pinienkerne, 30g frisch geriebener
Parmesankäse, 20g frisches Basilikum, 5 El Olivenöl, extra Vergine (kalt gepresst und ohne Chemikalien)

Zubereitung

geschälten Knoblauch, Pinienkerne, Parmesankäse und Basilikum (nur die Blättchen und die feinen Stiele) in die Küchenmaschine geben und fein mahlen (oder den Mixer gebrauchen). Olivenöl dazugeben und gut durchmischen. Die Soße sollte noch etwas körnig sein.

Rezept für Erdbeermarmelade:

500g Erdbeeren, 400g Zucker, 2 El Zitronensaft

Zubereitung

Erdbeeren und Zucker in einen mittelgroßen Topf mit einem dicken Boden geben und 10 Minuten stehen lassen. Dann etwas Zitronensaft dazugeben und bei kleiner Flamme unter ständigem Rühren köcheln lassen, bis der Zucker aufgelöst ist. Noch 35 Minuten weiter köcheln lassen. Dann die Marmelade vom Feuer nehmen und zwei Minuten stehen lassen.
Die heiße Marmelade in sterilisierte Gläser geben und gleich mit einem Deckel verschließen. Die Gläser abkühlen lassen und mit einem Etikett versehen. An einem kühlen, dunklen Platz aufbewahren. Nach dem Öffnen im Kühlschrank aufbewahren.
Anstelle von Zucker kann auch Süßstoff verwendet werden, z.B. Stevia.

Eine Freundin hat Geburtstag

„Guten Morgen, Kinder". „Guten Morgen!", rufen alle. „Ich glaube, wir haben heute ein Geburtstagskind unter uns." Die Kindergärtnerin lächelt und geht zu Melike hinüber. „Wie alt wirst du denn, Melike?" Melike hält ihr Händchen hoch und zeigt vier Finger. „So, du wirst vier Jahre alt! Wir wünschen dir alles Gute zum Geburtstag, Melike." Die Kindergärtnerin dreht sich zu den Kindern um und fragt: „Wollen wir für Melike ein Geburtstagslied singen?" „Ja", rufen alle Kinder laut. Am lautesten rufen Pipke und Popke, denn Melike ist ihre Freundin.

„So, das Geburtstagskind darf sich hier in der Mitte des Zimmers auf den Stuhl stellen. Komm Melike, ich helfe dir", sagt die Kindergärtnerin und hilft Melike auf den Stuhl. Dann gibt sie ihr eine Wunderkerze in die Hand und zündet sie an. „Hier, Melike, gut festhalten!", sagt sie. Die Funken sprühen und leuchten wie Sterne, das sieht ganz toll aus. Selcuk, Melikes Bruder, ist sehr stolz auf seine Schwester.

Alle Kinder stellen sich um Melike und singen ein Geburtstagslied für sie:

Melike hat Geburtstag, hurra, hurra,
Das könnt ihr sehen, das ist sie.
Darum freuen wir uns sehr, hurra, hurra,
Melike strahlt wie noch nie.

Melike hat Geburtstag heut, hurra, hurra,
Wir wünschen ihr viel Glück ,
Und dass sie unsre Freundin bleibt, hurra, hurra,
So bekommen wir vom Kuchen auch ein Stück.

Darum singen wir:
Hoch soll sie leben, hoch soll sie leben,
dreimal hoch! Hoch! Hoch! Hoch!

Melike strahlt.
Pipke geht zu Melike und sagt: „Ich will noch etwas aufsagen." „Na, dann mal los!", die Kindergärtnerin schaut Pipke aufmunternd an. Pipke stellt sich vor Melike und beginnt: „Heute vor vier Jahren, kam 'was auf die Welt gefahren, ohne Strümpf' und ohne Schuh', liebe Melike, das warst du!"
„Das hast du sehr schön gemacht!", sagt die Kindergärtnerin und lächelt. Pipke freut sich und lacht.
„So, und nun bekommt ihr etwas Besonderes zu essen. Wie ihr wisst, kommen Melike und Selcuk aus der Türkei und ihre Mutter hat für euch Türkisches Brot gebacken. Das ist eine Art Pfannkuchen, wird aber aus einem anderen Teig gemacht als unsere Pfannkuchen", erklärt die Kindergärtnerin. „Ja, das sind Katmer", sagt Selcuk und reicht ihr die Schüssel mit den Pfannkuchen. Für jedes Kind gibt die Kindergärtnerin einen Katmer auf einen Teller und Selcuk darf sie an die Kinder verteilen.
„Guten Appetit!" „Guten Appetit!", rufen die Kinder und lassen es sich gut schmecken.
„Hm, lecker!", sagt Popke und beißt ein großes Stück ab.

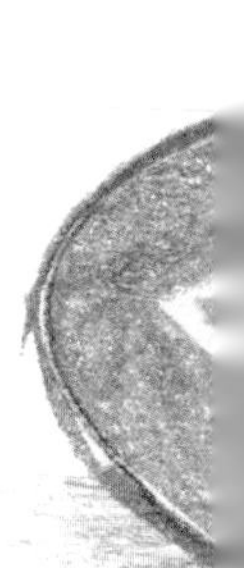

Für die Eltern

Der Name Selcuk bezieht sich auf eine türkische Fürstendynastie, die Seldschuken (1040-1194)
Der Name Melike bedeutet: Die Königin und wird mit Glaube, Güte und Fruchtbarkeit in Verbindung gebracht.

Katmer

Katmer ist eine Art Pfannkuchen, wird aber nicht aus Teig gemacht, wie wir ihn kennen, sondern aus Blätterteig mit einer Sesamsaatpaste (Tahin). Tahin kann man in türkischen Geschäften oder Reformhäusern kaufen. Tahin gibt dem Katmer den besonderen Geschmack.
Katmer ist eine tolle Grundlage für das Frühstück oder als Lunch. Aber auch für zwischendurch.
Man kann Katmer auch gut einfrieren. Also am besten gleich einen ganzen Stapel backen und in Portionen einfrieren.

Rezept für Türkische Sesampfannkuchen (Katmer)

1kg Mehl, lauwarmes Wasser, wenig Salz, 250g Butter oder Margarine, 2 El Tahin (Sesamsaatpaste)

Zubereitung

Mehl mit ein klein wenig Salz in eine Schüssel geben. Ein wenig Wasser hinzufügen und kneten.
Butter schmelzen und Tahin dazugeben.
Den Teig ausrollen. Geschmolzene Butter mit Tahin über den Teig geben.
Teig zu einer Schlange aufrollen und in 10 cm lange Stücke schneiden. Die Stücke zu kleinen Kugeln formen. 15 Min. ruhen lassen.
Danach die Kugeln ausrollen und in einer teflonbeschichteten Pfanne goldbraun backen.

Freunde kommen zu Besuch

„Mama, kann Tommy zu mir kommen?", fragt Pipke seine Mutter. „Ja, Meike auch!", ruft Popke begeistert.
„Ja, gerne! Heute ist so herrliches Wetter, dann können wir auf den Spielplatz gehen", antwortet die Mutter.
„Ja! Auf den Spielplatz!", ruft Pipke und springt vor Freude in die Luft.
„Wollt ihr noch etwas trinken? Es ist so warm heute." „Ja, ich habe Durst", sagt Popke. „Ich auch!", ruft Pipke.
„Wenn es so warm ist, muss man viel trinken!", erklärt die Mutter. „Hier, Popke, ein Glas Mineralwasser für dich und eines für Pipke." „Hm, lecker!", sagt Pipke und trinkt sein Glas leer. „Das ist erst einmal für den großen Durst. Für später, wenn eure Freunde kommen, bereite ich noch etwas anderes vor." Die Mutter geht in die Küche. „Darf ich helfen, Mama?", fragt Pipke. „Ja, ihr könnt beide mithelfen", antwortet die Mutter. „Pipke, du kannst die Zitrone auspressen." Sie legt eine Scheibe Zitrone in die Zitronenpresse und gibt sie Pipke. Pipke drückt die Presse ganz fest zusammen, so fest wie er kann, und lässt den Saft in ein Glas träufeln. „Schau, Mama, hier ist der Saft." „Danke, das hast du gut gemacht, Pipke!"
Die Mutter wendet sich an Popke. „Popke, schau mal! Hier habe ich einige Farbbänder. Kannst du bitte um jeden Becher ein Band wickeln?" „Ja, dann können wir uns merken, wem welcher Becher gehört; das machen wir im

Kindergarten auch“, sagt Popke und fragt: „Darf ich das rosa Band haben?" „Vielleicht ist es schöner, euren Freunden die Wahl zu lassen!", antwortet die Mutter. „Und falls ihr euch nicht einig werdet, können wir ein Los ziehen. Was meint Ihr?" Pipke und Popke nicken.
Da wird auch schon geklingelt. Pipke und Popke laufen schnell zur Tür. Die Mutter macht auf. „Willkommen, ihr beiden, kommt herein."
„Wir gehen zum Spielplatz", ruft Pipke stolz. „Ja, aber erst trinken wir etwas", sagt Popke. Sie läuft in die Küche und kommt mit den Bechern zurück. „Meike, welches Band möchtest du?", fragt sie ihre Freundin. „Oh, das ist mir egal", antwortet Meike. Popke ist glücklich und nimmt den Becher mit dem rosa Band.
Auch Pipke und Tommy bekommen einen Becher Saft. „Und hier ist noch für jeden von euch ein Obstspieß", sagt die Mutter. „Hm, lecker", rufen Tommy und Meike.
Anschließend gehen sie gemeinsam auf den Spielplatz. Pipke und Popke laufen schnell voraus. „Wer als erster bei der Schaukel ist!", ruft Pipke. Natürlich ist er als erster bei der Schaukel und Tommy als zweiter.
Popke geht mit Meike auf die Rutschbahn. „Juchhe!"
Dann wird geklettert und sich mit dem Karussell im Kreis gedreht. „Oh, mir wird ganz schwindelig", sagt Popke und verdreht ihre Augen. Meike lacht.
Es ist ein schöner Nachmittag. Leider vergeht die Zeit viel zu schnell und Tommy und Meike müssen nach Hause. Pipke und Popke sind ganz traurig. „Ihr müsst nicht traurig sein", sagt die Mutter. „Sie kommen bald wieder und dann könnt ihr wieder miteinander spielen."

Für die Eltern

Wenn es sehr warm ist, ist es wichtig, dass die Kinder genügend trinken.
Wenn Ihre Kinder draußen spielen und toben, verlieren sie viel Flüssigkeit.
Am besten ist es, ihnen, bevor sie nach draußen gehen, etwas zu trinken zu geben und auch während des Spielens etwas zu trinken anzubieten.
Wasser ist ein guter Durstlöscher.
Mit Mineralwasser werden auch Mineralstoffe, die beim Schwitzen verloren gehen, wieder aufgefüllt.

Rezept für einen leckeren Obstsaft

Eine Packung frischer Ananassaft, eine Packung frischer Orangensaft, Saft einer halben Zitrone

Zubereitung

Die beiden Packungen Ananassaft und Orangensaft in eine Kanne geben und umrühren.
Zitronensaft auspressen und dazugeben, umrühren, fertig.

Rezept für einen leckeren Obstspiess

Apfelsinenscheibchen,
Ananasstücke und kleine Stückchen Zitrone,
Kirschen ohne Kerne, Erdbeeren oder anderes Obst nach Saison.

Zubereitung

Für den Obstspieß: Stücke von Ananas, Apfelsinenscheiben, Zitronenstückchen abwechselnd auf den Spieß stecken und obendrauf eine Kirsche oder Erdbeere geben; das sieht schön aus.

Haferflockenplätzchen backen

Pipke und Popke sind noch in ihren Betten. Die Mutter kommt ins Zimmer und wünscht ihnen einen guten Morgen. Pipke und Popke reiben sich ihre Augen. „Guten Morgen", sagen sie noch etwas müde. „Aufstehen, gleich kommen eure Freunde zu Besuch." „Oh, ja, toll!" rufen Pike und Popke und kommen gleich aus ihren Betten gesprungen. „Können wir Plätzchen backen, Mama?" fragt Popke. „Ja, das ist eine gute Idee. Wollen wir Haferflockenplätzchen backen?" fragt die Mutter. „Ja, Haferflockenplätzchen, die schmecken lecker!" ruft Popke.
Die Mutter holt ein Rezeptbuch und sagt: „Seht einmal her, hier sind die verschiedenen Getreidesorten abgebildet. Die Ähren sehen alle unterschiedlich aus, seht ihr?" Die Mutter zeigt Pipke und Popke die Abbildungen. Pipke und Popke beugen sich über das Bild und schauen es sich gut an. „Diese Ähre hat lange Haare." Pipke weist auf die Gerste. „Und hier sind fast gar keine Haare", sagt Popke und zeigt auf den Weizen. „Stimmt", sagt die Mutter. „Und das hier ist Roggen, schaut, er hat wenig Haare und eine kürzere Ähre. Dies ist Dinkel, die Ähre ist noch kürzer, seht ihr?" Die Mutter weist auf den Dinkel. „Und so sieht der Hafer aus, er hat Seitenzweige." „Die sehen wie ein Fächer aus", sagt Pipke und geht mit seinem Finger über das Bild, als ob er den Unterschied fühlen könnte.

„In den Körnern sind viele Vitamine und Mineralstoffe enthalten und gesunde Öle", erklärt die Mutter. „Darum sind die Haferflockenplätzchen so lecker", sagt Popke. Die Mutter schmunzelt.
„Kommt, wir machen jetzt den Teig. Dann sind die Plätzchen fertig, wenn eure Freunde kommen. Hier ist die Schüssel, wo alles rein kommt." „Dürfen wir den Teig rühren?" fragt Popke.
„Ja, das ist schön, dass ihr mithelft", sagt die Mutter und gibt alle Zutaten in die Schüssel. Pipke und Popke rühren eifrig den Teig. Die Mutter lacht. „Wollen wir ein Lied singen?" fragt sie. Ja, das wollen Pipke und Popke und singen fröhlich mit.

Lasst uns leckere Plätzchen backen.
Plätzchen fein und rund.
und noch ein paar Nüsse hacken,
zwei bis drei gleich in den Mund.
Eier, Butter, Milch und Mehl,
geben wir in die Schüssel dann,
auch Safran, der macht den Kuchen geel.
Dann machen wir den Ofen an.
Nun die Plätzchen in den Ofen rein.
Wir lassen uns überraschen.
Hm, die schmecken sicher fein.
Und wir können herrlich naschen.

Für die Eltern

Im weißen Mehl ist vor allem Stärke enthalten.
Die Vitamine, Mineral- und Ballaststoffe stecken im Vollkornmehl. Darum ist Vollkornbrot gesünder als Weißbrot.
Gerste, Roggen und Weizen enthalten Gluten, das ist ein Eiweiß.
Personen, die kein Gluten vertragen können, müssen auf andere Getreidesorten zurückgreifen.
Frei von Gluten sind z.B. Mais, Reis, Hirse und Buchweizen. Hafer ist an sich gluten frei, allerdings beim Kauf auf gluten frei gekennzeichnete Haferflocken achten.

Rezept für Haferflockenplätzchen (ca. 20 Plätzchen)

50g getrocknete Preiselbeeren, 100g weiche Butter, 50g flüssiger Honig, 70g brauner Zucker, 1 Ei, 175g Dinkelmehl, 80g Haferflocken, 1 El Backpulver, 50g gehackte Mandeln.

Zubereitung

Den Ofen auf 180 Grad vorheizen, Heißluftofen auf 160 Grad.
Die getrockneten Preiselbeeren in kleine Stücke schneiden.
In einer Schüssel Butter, Honig und braunen Zucker mit dem Handmixer 3 Min. schaumig schlagen. Das Ei hineingeben und unterrühren. Anschließend den Dinkel, die Haferflocken, Backpulver und Mandeln dazugeben und alles gut verrühren. Schließlich die Preiselbeeren dazu geben und alles gut umrühren.
Kleine Löffel Teig mit etwas Zwischenraum auf dem Backblech verteilen und 15 Min backen bis sie schön goldbraun sind.
Noch etwas weich aus dem Ofen holen und abkühlen lassen.

Im Supermarkt

„Kommt Kinder, wir müssen noch etwas einkaufen", sagt die Mutter.
„O, ja, toll!", rufen Pipke und Popke. „Könnt ihr bitte die Einkaufstaschen holen?", fragt die Mutter. „Ja, ich hole sie", sagt Pipke und rennt gleich los.
„Hier ist noch der Einkaufszettel", sagt die Mutter. Dann setzt sie Popke auf ihr Fahrrad; Pipke kann schon allein Rad fahren.
„Auf, los geht's!", sagt die Mutter. Beim Supermarkt angekommen, fragt Pipke: „Darf ich den kleinen Einkaufswagen schieben, Mama?" „Nein, ich möchte den Einkaufswagen schieben!", ruft Popke. „Oh, oh, wir wollen uns doch nicht streiten, oder?" Die Mutter macht einen Vorschlag: „Diesmal darf Pipke den kleinen Wagen schieben und Popke darf in meinen Einkaufswagen. Das nächste Mal darf Popke den kleinen Wagen schieben. Einverstanden?" Pipke und Popke nicken.
Im Supermarkt kommen sie erst durch die Obst- und Gemüseabteilung. „Hier kaufen wir erst das Obst ein. Im Obst sind viele Vitamine und es schmeckt lecker", sagt die Mutter. „Popke, hier ist eine Tüte für die Bananen. Pipke, willst du sie in deinen Einkaufswagen legen?", fragt die Mutter. „Die Bananen sind gut für uns, Mama, stimmt's? Dann können wir gut rennen und springen." „Ja, das ist richtig", bestätigt die Mutter. Pipke strahlt. „Können wir auch Erdbeeren

mitnehmen, Mama?", fragt Popke. „ Das ist eine gute Idee." „Hm, lecker!", ruft Popke glücklich.
In der Brotabteilung fragt Pipke: „Kaufen wir das Brot mit den Tüpfelchen, Mama?" „Ja, das ist Vollkornbrot, es enthält viele Ballaststoffe und schmeckt herrlich."
Popke sieht den Käse liegen: „Nehmen wir auch Käse mit, Mama?", fragt sie. „Ja, den Frischkäse und auch Joghurt und Milch für unsere Erdbeeren", antwortet die Mutter. „In der Wurstabteilung holen wir etwas Leberwurst für aufs Brot."
„Da steht die Marmelade!", ruft Popke. „Ja, wollt ihr Erdbeer- oder Himbeer- oder Orangenmarmelade?", fragt die Mutter. „Erdbeermarmelade!", rufen beide im Chor. Pipke packt das Glas Erdbeermarmelade und – auweia, da fällt das Glas auf den Boden. Pipke schaut die Mutter erschrocken an. „Es tut mir leid", sagt Pipke. Popke guckt die Mutter auch ganz ängstlich an.
„Ich werde jemanden vom Personal holen", sagt die Mutter.
Ein Verkäufer kommt, um sich den Schaden anzusehen. „Na, das kann schon einmal passieren; es ist nicht so schlimm", sagt er freundlich. Pipke schaut die Mutter erleichtert an. „Ich werde gleich einen Lappen holen und es aufwischen. Du darfst dir ein anderes Glas Marmelade nehmen", muntert er Pipke auf.
„Ja, aber vorsichtig!", mahnt die Mutter und entschuldigt sich beim Verkäufer.
Sie laufen weiter zur Kasse, um zu bezahlen. Pipke packt das Obst ein und Popke hilft ihm dabei.

Für die Eltern

Obst und Gemüse sind reich an Vitaminen.
Vollkornbrot ist gesund, da darin viele Ballaststoffe enthalten sind, die für eine gute Verdauung sorgen.
Milch und Käse sind reich an Calcium, das für die Knochen wichtig ist.

Tipps, die helfen, ohne Stress mit Ihren Kindern einkaufen zu gehen.

Sehen Sie sich mit Ihrem Kind einen Prospekt mit Abbildungen an und besprechen Sie, was Sie gerne einkaufen möchten.
Lassen Sie auch Ihr Kind etwas aussuchen. Das macht Spaß und Ihr Kind fühlt sich nützlich.
Schreiben Sie auf einen Einkaufszettel, was Sie benötigen.Gehen Sie mit Ihrem Kind die Liste noch einmal durch, bevor Sie einkaufen gehen.
Sie können einen Prospekt mitnehmen und das Kind nachsehen lassen, ob alles, was man besprochen hat, im Einkaufswagen liegt.
Wenn Ihr Kind doch unruhig werden sollte, bieten Sie etwas an, z.B. können Sie für kleine Kinder etwas zu trinken mitnehmen oder ein Stück Obst. Oder nehmen Sie eine Puppe oder einen Teddybär mit, die beim Einkaufen helfen.

Rezept Obst-Smoothie

150g Erdbeeren oder zwei kleine Bananen, 2 Nektarinen oder Waldfrüchte,
200 ml Joghurt, 50 ml Apfelsaft, 1 Päckchen Vanillezucker

Zubereitung

Obst waschen und in kleine Stücke schneiden.
Mit dem Stabmixer oder in der Küchenmaschine pürieren. Joghurt und Apfelsaft dazugeben.
Vanillezucker und etwas flüssigen Honig oder Süßstoff hinzufügen und gut durchrühren.
Anstelle von Apfelsaft kann auch ein anderer Obstsaft genommen werden.
Im Sommer schmeckt das Obst-Smoothie auch herrlich mit einem Löffel Vanilleeis.

Pipke ist krank

„Pipke, komm, aufstehen! Nach dem Frühstück wollen wir zum Streichelzoo", ruft Popke.
Aber Pipke reagiert weinerlich:„Mein Ohr tut mir weh."
„O, soll ich Mama und Papa holen?" fragt Popke und läuft, ohne die Antwort abzuwarten, schnell in die Küche. Ganz außer Atem ruft sie: „Mama! Papa! Pipke ist krank."
Die Mutter und der Vater eilen zu Pipke. „Pipke, was hast du? Wo tut es dir weh?" „Au, au, hier! Mein Ohr tut mir weh!" Pipke hält sich sein Ohr.
„Ach, armer Pipke! Mal sehen, ob du Fieber hast", sagt die Mutter und holt ein Fieberthermometer und hält es Pipke ins Ohr.
„Nein, kein Fieber!", stellt die Mutter erleichtert fest. „Zur Sicherheit werde ich doch den Arzt anrufen", meint der Vater. Nach einer Weile kommt er zurück.
„Der Arzt meint, dass es sich wahrscheinlich um eine Mittelohrentzündung handelt, die bei kleinen Kindern oft vorkommt und meistens von selbst wieder weggeht."
„Darf Pipke etwas gegen die Schmerzen haben?" fragt die Mutter. „Ja, aber wir können auch erst unser Hausmittel ausprobieren. Wir können einen mit Zwiebelsaft getränkten Wattebausch auf sein Ohr legen; das lindert den Schmerz", antwortet der Vater.

„Ja, ist gut." Die Mutter geht in die Küche, um alles vorzubereiten. „Aber wenn es Pipke morgen noch nicht besser geht oder wenn er Fieber bekommt, werden wir gleich zum Arzt gehen", sagt der Vater.
„Ja, das machen wir", stimmt die Mutter zu. „Und ich schlage vor, dass wir heute zu Hause bleiben." „Ja, ich will bei Pipke bleiben!", sagt Popke.
„Pipke, möchtest du einen Zwieback mit etwas Marmelade?", fragt die Mutter. Pipke nickt. „Ich auch", sagt Popke. „Ja, ihr bekommt beide einen Zwieback und einen Pfefferminztee." Nachdem die Kinder ihren Zwieback aufgegessen haben, ist Pipke müde. „Soll ich noch eine Geschichte vorlesen?", fragt der Vater. Pipke nickt vorsichtig. „Ich bleibe bei dir", sagt Popke und setzt sich an Pipkes Bett.
Am nächsten Morgen geht es Pipke schon viel besser. „Nun können wir wieder zusammen spielen", Popke lacht und ist sehr froh.

Für die Eltern

Hausmittel

Bei Ohrenschmerzen:

Zwiebelsäckchen

Die ätherischen Öle der Zwiebel wirken antibakteriell, stoffwechselanregend und schleimlösend. Zugedeckt entsteht Wärme und diese lindert den Schmerz. Das Päckchen kann auch kalt aufgelegt werden.
Rezept für Zwiebelsäckchen:
1-2 frische rohe Zwiebeln, Stofftuch oder reißfestes Küchenpapier, Stirnband oder leichte Mütze.

Zubereitung

Zwiebel in kleine Würfel schneiden oder hacken. Auf Körpertemperatur erwärmen. In ein kleines Baumwolltuch (z. B. Stofftaschentuch) oder Küchenpapier einschlagen. Die Auflage leicht zusammendrücken, damit der Zwiebelsaft austritt. Geben Sie das fertige Zwiebelsäckchen oder einen mit dem Zwiebelsaft beträufelten Wattebausch auf das schmerzende Ohr. Die Zwiebelauflage bleibt etwa 20 Minuten auf dem Ohr. Diese Anwendung kann mehrmals am Tag wiederholt werden.

Bei Fieber:
1/2 Tl Zitronensaft in 3 Tassen warmes Wasser geben und eventuell 1 Tl Honig zufügen.

Bei Infekten in den Atemwegen:
Inhalieren mit Salzwasser: 1 Liter Wasser zu Kochen bringen, 1 EL Salz einrühren. Nicht umschütten, sondern über dem Kochtopf inhalieren.
Kleinere Kinder inhalieren nicht gerne zu direkt. In dem Fall kann man den Topf oder die Schüssel unter einen Tisch stellen, über den man große Decken hängt. Das Kind spielt so in feuchtwarmer Luft „Zelten".

Bei Kopfschmerzen und verstopfter Nase:
1 Tasse kochendes Wasser und ein paar Tropfen Eukalyptusöl in eine Schüssel geben;
mit einem Handtuch über dem Kopf diesen über die Schüssel halten und ca. 10 Minuten inhalieren. Augen geschlossen halten. Oder wie oben beschrieben.

Gegen Husten:
6 geschälte und kleingehackte mittelgroße Zwiebeln mit 1/2 Tasse Honig in einen Topf Wasser (1 Liter) geben. Deckel drauf und ca. zwei Stunden auf dem Herd köcheln lassen. Anschließend durch ein Sieb gießen und regelmäßig, am besten warm, trinken.

Bei Erkältung:
Leinsamentee:
3 Tassen kochendes Wasser, 30g Leinsamen, 1 Stück Süßholz (20 cm) und ein kleines Bündel frischen Thymian in eine Schüssel geben und 30 Min. ziehen lassen. Anschließend filtrieren. In das Filtrat den Saft 1 Zitrone und 1 El. Honig hinzugeben. Ab und zu einen Schluck trinken.

Bei Husten und Halsschmerzen:
1 Tl Zitronensaft, 1 Tl Honig und 3 Gewürznelken in ein Glas Wasser geben,, umrühren und austrinken.

Bei Bauchschmerzen, Koliken und Blähungen
ist Fencheltee gut geeignet.

Im Streichelzoo

„Hallo, ihr beiden, kommt ihr mit? Heute wollen wir in den Streichelzoo", sagt der Vater.
„O, ja, toll!", rufen Pipke und Popke. „Juchhe!"
„Das letzte Mal konnten wir ja nicht gehen, weil Pipke krank war, stimmt's, Papa?", stellt Popke fest.
„Ja, das stimmt", antwortet der Vater. „Aber dieses Mal können wir gehen, Pipke, nicht wahr?" „Ja, ich fühle mich wieder super fit!", Pipke lacht.
„Sind dort viele Tiere, Papa?", fragt Popke. „Ja, dort gibt es viele Tiere: Gänse, Hühner, Enten und auch Schafe", antwortet der Vater. „Auch Kaninchen?", fragt Popke. „Ja, Kaninchen gibt es dort auch."
„Und Ziegen?", fragt Pipke. „Auch Ziegen", antwortet der Vater. „Darf ich die Tiere streicheln?", fragt Pipke. „Ja, das dürft ihr." Der Vater lacht. „Die Tiere finden es fein, wenn sie gestreichelt werden."
Im Streichelzoo angekommen, ruft Pipke: „Mama, darf ich die Ziegen füttern?"
„Ja, hier dürfen die Tiere gefüttert werden. Dort an dem kleinen Kiosk können

wir spezielles Tierfutter kaufen, damit die Tiere gesund bleiben und keine Bauchschmerzen bekommen."

Der Vater kauft zwei Päckchen Trockenfutter und gibt sie Pipke und Popke.

Eine Ziege kommt gleich angerannt. „Schau, Popke", kichert Pipke, „die Ziege frisst mir aus der Hand, das kitzelt!"

„Oh, wie lieb", sagt Popke. „Können wir auch zu den Kaninchen gehen?"

„Das sind aber viele Kaninchen!", sagt Pipke. „Sie sehen alle anders aus!"

„Ja, die mit den sehr langen Ohren heißen Flämischer Riese und die mit den langen Haaren sind Angora Kaninchen", erklärt die Mutter. „Ich kann die Augen gar nicht sehen", stellt Pipke fest.

Popke lässt die Kaninchen an ihrer Hand schnüffeln. „Die sind aber süß!", sagt Popke.

„Wo schlafen die Tiere denn?", fragt Popke. „Wenn die Tiere genug gegessen haben und müde sind, ziehen sie sich auf einen Platz zurück, wo sie ungestört sind. Dort können sie sich ausruhen und schlafen legen", antwortet die Muter.

„Wollen wir noch eine Suppe essen, bevor wir nach Hause gehen?", fragt der Vater.

„Ja, und dann möchte ich mich auch zurückziehen. Ich bin müde!", sagt Pipke.

„Ja, ich auch", erwidert Popke und gähnt.

Für die Eltern

Das Tierfutter ist genau darauf abgestimmt, was die Tiere benötigen.
Auch Tierfutter muss ausgewogen zusammengestellt werden. Es muss Eiweiß, Kohlenhydrate, Fette, Vitamine und Mineralstoffe in der richtigen Konzentration enthalten. Es gibt Europäische Richtlinien, an die man sich bei der Zusammenstellung des Tierfutters halten muss.
Streichelzoos sind für Erwachsene und Kinder ein ruhiger, angenehmer Ort, an dem man sich erholen kann.
Tiere spielen eine wichtige Rolle in der Entwicklung der Kinder.
Kinder lernen im Umgang mit den Tieren Verantwortung zu übernehmen und Vertrauen zu entwickeln.

Zu Besuch bei Freunden aus Mexiko

„Mama, gehen wir heute zu Ana und Raul?", fragt Pipke.
„Ja, heute gehen wir zu Ana und Raul." „Juchhe! Popke, komm." Ana und Raul kommen nämlich aus Mexiko und Pipke und Popke waren noch nicht bei ihnen zu Hause. Sie sind sehr gespannt. Pipke läuft zur Tür. „Nicht so schnell!", sagt die Mutter und lacht. „Zieht erst eure Jacken an., dann können wir gehen."
Sie müssen nicht weit laufen. Ana und Raul wohnen ganz in der Nähe.
Anas und Rauls Mutter öffnet die Tür und empfängt sie sehr herzlich.
„Willkommen!", sagt Donnika. „Guten Tag, danke für die nette Einladung", sagt die Mutter.
Ana und Raul nehmen Pipke und Popke gleich an die Hand und rufen:
„Kommt, wir zeigen euch unser Zimmer." Die Tür lassen sie einen Spalt weit offen.
Die Mütter gehen in die Küche, wo Donnika ein paar dünne Pfannkuchen zubereitet. Diese können mit Hühnerfleisch und frischen Kräutern gefüllt werden oder mit Gemüse. „Das ist ein mexikanisches Gericht", sagt sie. „Das sieht sehr appetitlich aus!", stellt die Mutter fest.
Die Kinder kommen in die Küche gelaufen. „Hm, hier riecht es gut. Ist das Essen fertig?", fragt Pipke. „Nicht so ungeduldig", entgegnet die Mutter.

„Ja, wir können uns schon an den Tisch setzen", sagt Donnika und erklärt: „Diese dünnen Pfannkuchen nennt man Tortilla." Sie legt jedem eine Tortilla auf den Teller und stellt eine Schüssel mit Gemüse auf den Tisch. „Hier, bitte. Jeder darf seine Tortilla selbst füllen", sagt sie. „Hm, das schmeckt gut!", ruft Popke. „Darf ich mir noch etwas Gemüse nehmen?" Donnika lacht und sagt: „Fein, dass es dir so gut schmeckt!" Auch Ana, Raul und Pipke nehmen noch etwas von dem Gemüse und füllen damit ihre Tortilla.
Nach dem Essen sagt Donnika: „Ihr könnt jetzt in euer Zimmer gehen und noch etwas spielen."
„Und ich helfe Ihnen in der Küche", sagt die Mutter.
Aus dem Kinderzimmer hören sie mexikanische Musik; die Kinder tanzen und probieren mitzusingen.
Nach einer Weile ruft die Mutter: „Kommt Kinder, wir müssen jetzt nach Hause."
„Ach, wie schade, können wir nicht noch etwas bleiben?", fragt Pipke.
„Leider nicht", sagt die Mutter, „es ist schon spät."
„Ihr dürft aber gerne bald wieder kommen!", sagt Donnika tröstend.
„Bis bald!", rufen Ana und Raul und winken.
„Tschüss, bis bald!", rufen Pipke und Popke und winken zurück.

Für die Eltern

Tortillas sind dünne mexikanische Pfannkuchen, sie werden aus Mais- und Weizenmehl hergestellt. In Mexiko isst man sie gerne als Beilage zu den Mahlzeiten. Die Tortillas können mit verschiedenen Zutaten gefüllt werden und werden anschließend aufgerollt. Der Unterschied zwischen den verschiedenen Tortillas liegt darin, wie leicht sie aufgerollt oder gefaltet werden können. Tortillas aus Weizenmehl sind weich und können gut aufgerollt werden.

Rezept für Tortillas mit Füllung für sechs Personen:

250g Mehl, 1/2 Tl Salz (kann man aber auch weglassen), 2 Tl Öl, 1 Tl Backpulver, 100 ml lauwarmes Wasser.

Zubereitung:

Alle Zutaten in eine Schüssel geben und gut durchkneten. Aus dem Teig sechs Kugeln formen und 1/2 Stunde ruhen lassen.
Mehl auf der Arbeitsfläche verteilen und darauf den Teig dünn ausrollen. Den ausgerollten Teig in eine erhitzte Pfanne legen und beide Seiten kurz backen; nicht zu lang, damit der Teig nicht hart wird.

Zutaten für die Füllung:

30g fein geschnittene Petersilie, 2 El Sonnenblumenöl, 1 Beutel mexikanisches Wokgemüse (750g), es kann auch tiefgefroren sein, 1 El Creme fraiche, 1 Kopf Eisbergsalat.

Zubereitung:

Etwas Öl in der Pfanne erhitzen. Das Wokgemüse in der Pfanne langsam dünsten und gut umrühren. Petersilie und frisch gemahlenen Pfeffer zufügen. Am Tisch kann Creme fraiche und Salat auf die Tortillas gegeben werden und schließlich werden die Tortillas mit dem Gemüse gefüllt.

Pipke und Popke haben Tagesgeschwister

„Kommen heute Lukas und Tabitha zu uns?", fragt Pipke seine Mutter.
„Ja, wir holen sie jetzt ab", antwortet die Mutter. Sie ist zweimal in der Woche Tagesmutter, weil die Eltern von Lukas und Tabitha berufstätig sind. „Ja, toll!", ruft Popke.
Lukas und Tabitha kommen gerne zu Pipke und Popke; es ist immer etwas los. Unterwegs macht die Mutter mit ihnen kleine Spiele. „Ich sehe was, was du nicht siehst! Was ist das?", fragt sie. „Ein Baum", ruft Popke. „Ein Auto", ruft Pipke. „Nein", antwortet die Mutter und lacht. „Es ist klein und schwarz". „Ja, da! Der kleine schwarze Hund!", ruft Lukas begeistert.
„Richtig!", sagt die Mutter.
„Schau! Die vielen Kastanien!" ruft Popke. „Ja, wir können ein paar einsammeln, damit können wir etwas basteln!", stellt Tabitha vor. „Das ist eine gute Idee", sagt die Mutter. „Schaut her! Hier habe ich eine Einkaufstasche, da können die Kastanien hinein."
„Und ich nehme auch ein paar Zweige und Blätter mit", sagt Pipke.
Zu Hause angekommen, setzen sich die Kinder an einen Tisch und packen ihre Schätze aus.
„Hier ist Papier und Bastelleim", sagt die Mutter „und auch ein paar Vorbilder." „Ich mache einen Igel", sagt Pipke. „Ich mache ein Pferdchen", sagt Popke. „Ja, das mache ich auch", sagt Tabitha. Ich will einen Hund machen, der heißt Nero", erwidert Lukas. „Das hört sich gut an", sagt die Mutter.
„Ich gehe jetzt in die Küche und bereite etwas zu essen für euch."
Plötzlich hört sie Tumult aus dem Zimmer. Die Kinder streiten sich.
Sie geht zu ihnen und lenkt sie ab: „Wer möchte etwas trinken? Nach dem langen Spaziergang habt ihr sicherlich Durst." „Ja, ich möchte etwas trinken!",

rufen alle und haben ihren Streit wieder vergessen. Nachdem sie etwas getrunken haben, basteln sie andächtig weiter.
Nach einer Weile kommt die Mutter ins Zimmer und fragt: „Wollt ihr mithelfen einen Bananen-Möhren-Salat zuzubereiten?" „Ja!", rufen die Kinder und laufen mit in die Küche. „Zuerst raspel ich die Möhren; du kannst die Bananen schälen, Popke", sagt die Mutter.
„Ich stelle schon mal die Teller auf den Tisch", sagt Pipke. „Das ist fein, Pipke. Lukas und Tabitha, ihr könnt die Salatblätter auf die Teller verteilen und die Bananenhälften darauf legen", schlägt die Mutter vor.
„Darf ich den Möhrensalat auf die Teller geben?", fragt Pipke. „Und ich streue die Rosinen darüber!", sagt Popke.
„Ja, das ist gut. In der Zwischenzeit werde ich die Soße zubereiten", sagt die Mutter.
„Hm, das sieht lecker aus!" ruft Lukas. „Ja, und es schmeckt auch gut!", wirft Pipke ein.
„Und ist gesund", ergänzt die Mutter und gibt die Soße über den Bananen-Möhren-Salat. Alle setzen sich an den Tisch und lassen es sich schmecken. Danach zeigen die Kinder der Mutter ihre Kunstwerke. „Die sind ja toll geworden!", sagt die Mutter beeindruckt. „Ihr könnt sie mit nach Hause nehmen und euren Eltern zeigen." „Ja, das machen wir!", rufen Lukas und Tabitha stolz.

Für die Eltern

Wenn Sie mit Ihren Kindern unterwegs sind, gibt es viele Möglichkeiten, sie zu beschäftigen.
Nehmen Sie Taschen mit, worin die Kinder Stöckchen, Zweige, Kastanien, Blätter und Steine einsammeln können, womit sie zu Hause Figuren basteln können.
Spiele für unterwegs, z.B.:

1. Ich sehe was, was du nicht siehst. Sie umschreiben etwas, was Sie sehen und die Kinder müssen raten, was es ist.
2. Ich packe meinen Koffer. Sie nennen einen Gegenstand, den Sie in den Koffer packen wollen. Der nächste wiederholt diesen Gegenstand und nennt auch etwas, was mitgenommen werden soll. Der folgende wiederholt beide Gegenstände und fügt auch wieder etwas zu, was in den Koffer gepackt werden soll. Das wird wiederholt bis einer einen Gegenstand vergisst. Der hat dann verloren. Das ist ein gutes Gedächtnistraining.
3. Mein Teekessel. Es wird ein Begriff gesucht, der zwei Bedeutungen hat. Der Begriff wird umschrieben und muss geraten werden. Z.B.: Die Brücke, über die man laufen kann und die Zahnbrücke. Mein Teekessel ist groß / mein Teekessel ist klein. Mein Teekessel verbindet / mein Teekessel verbindet auch. Über meinenTeekessel kann man laufen / über meinen Teekessel kann man nicht laufen usw. bis der Begriff geraten ist.

Zu Hause können sie auch ein Memory -Spiel selbst anfertigen. Zeichnen Sie z.B. verschiedene Gesichter: zwei lachende, zwei weinende, zwei mit offenen Augen, zwei mit geschlossenen Augen, zwei mit einem traurigen Mund, zwei mit einem offenen Mund usw.

Rezept für Bananen – Möhren – Salat (für 4 Personen)

1 Kopf Salat, 4 Bananen, 12 Möhren, 2 Handvoll Rosinen

Zubereitung siehe Geschichte

Zutaten für die Soße: 1 Zitrone, 1 El Senf, 1 Tl Curry, ein wenig schwarzer Pfeffer, ein wenig Zucker, 1/2 Tasse Sonnenblumenöl
Alles in einer Kanne gut mengen und über die Bananenhälften und geraspelten Möhren geben.

Im Turnunterricht

„Mama, gehen wir gleich turnen?", fragt Pipke. „Ja, um 15 Uhr beginnt der Turnunterricht", antwortet die Mutter. „Toll, dann können wir springen und toben." Pipke freut sich und springt in die Luft. „Ja, und Purzelbäume schlagen!", ergänzt Popke.
Sie ziehen sich ihre Turnkleidung an und gehen gemeinsam mit der Mutter zur Turnhalle.
Die Turnlehrerin und die anderen Kinder sind auch schon da. „Willkommen", sagt sie. „Guten Tag", rufen Pipke und Popke und setzen sich zu den anderen Kindern in den Kreis. Die Turnlehrerin erklärt: „Wir werden uns jetzt erst ein wenig aufwärmen, hier habt ihr einen Ball." Sie wirft Pipke den Ball zu. Pipke fängt ihn auf. „Hier Popke, fang!" Pipke wirft den Ball zu Popke. Der fällt auf den Boden und rollt weg. Schnell laufen alle Kinder schreiend hinter dem Ball her. Das macht riesen Spaß.
„So, nun alle mal her hören! Die Älteren unter euch können sich in einer Reihe aufstellen und dort drüben von der Mauer springen. Aber schön vorsichtig!", warnt die Turnlehrerin. „Pipke, willst du als Erster springen?" „Ich traue mich nicht", sagt Pipke etwas verlegen. „Ach, du musst keine Angst haben", erwidert die Turnlehrerin. „Ich helfe dir."

Sie will ihm die Hand reichen. Aber Pipke lässt lieber erst die anderen Kinder vor.
Die Turnlehrerin reicht jedem Kind die Hand, so dass es sicher von der Mauer springen kann und auf einer weichen Matte landet. „Jetzt will ich doch mal springen", sagt Pipke. Er klettert auf die Mauer und die Turnlehrerin reicht ihm die Hand. Eins, zwei und drei: Pipke springt. „Juchhe, das ist gar nicht so schlimm! Das macht Spaß! Noch einmal!" ruft er lachend.
„Für die Kleineren liegen Reifen auf dem Boden. Hier könnt ihr von einem Reifen in den anderen springen", erklärt die Turnlehrerin. Popke steht vor einem Reifen und will gerade springen, als ein kleiner Junge auch in den Reifen springen will. Beinahe wären sie aufeinander geprallt. Popke konnte gerade noch ausweichen. „O weh, beinahe wäre ich hingefallen", sagt sie. „Ja, ihr müsst euch immer schön hinten anstellen, dann passiert so etwas nicht", mahnt die Turnlehrerin.
„So, und nun trinken wir etwas. Ihr habt sicherlich Durst, ihr seid ganz verschwitzt." Sie gibt jedem Kind ein Fläschchen Mineralwasser. „Danke!", rufen die Kinder und trinken ihre Flasche ganz leer.
Nach einer Stunde ist es soweit und alle Kinder werden abgeholt.
„War es schön?", fragt die Mutter. „Ja, ich bin von der Mauer gesprungen!", ruft Pipke stolz. „Und ich bin beinahe mit einem anderen Kind zusammengestoßen", erzählt Popke ganz aufgeregt. „Oh, es ist doch hoffentlich nichts passiert?", fragt die Mutter besorgt. „Nein, es ist nichts passiert, ich habe gut aufgepasst!", sagt Popke. „Da bin ich aber froh. Das habt ihr beide sehr schön gemacht", sagt die Mutter anerkennend.
„Gehen wir nächste Woche wieder turnen, Mama?", fragt Pipke. „Ja, natürlich! Bewegung ist gut für euch!", erwidert die Mutter und lacht.

Für die Eltern

Bewegung ist für die Gesundheit sehr wichtig. Das gilt für Jung und Alt. Ausreichende Bewegung sorgt für einen besseren Stoffwechsel; die Blutzirkulation wird angeregt und das Gewicht kann besser unter Kontrolle gehalten werden. Rennen, Fahrrad fahren, Rumtoben und Springen helfen dem Kind gelenkig zu bleiben und es lernt seine Bewegungen gut zu koordinieren. Bei viel Bewegung muss darauf geachtet werden, dass ausreichend getrunken wird. Gute Durstlöscher sind Wasser und Tee. Tee gibt es in vielen Sorten und verschiedenen Geschmacksrichtungen. Auch beim Wasser kann z.B. durch Hinzufügen frischer Pfefferminzblätter, Zitrone oder anderer Stücke Obst, der Geschmack variiert werden.

Erntedankfest

Pipke und Popke stehen vor einem schön gedeckten Tisch.
„Guck mal, Popke, hier auf dem Tisch liegt ganz viel Obst und Gemüse!", ruft Pipke seiner Schwester zu. „Oh, das sieht schön aus!", sagt Popke. „Warum liegt das auf dem Tisch?", wundert sich Pipke.
„Das erzähle ich euch jetzt", antwortet die Kindergärtnerin. „Heute feiern wir das Erntedankfest. Wir freuen uns, dass wir immer etwas zu Essen und zu Trinken haben und dafür wollen wir uns bedanken." „Ach so", sagt Pipke und nickt.
„Im Frühjahr hat der Bauer auf dem Feld Saat gestreut. Daraus wachsen all' die Kräuter und leckeren Früchte und im Herbst können wir die Früchte ernten und daraus herrliche Mahlzeiten zubereiten."
„Ja, wir waren mit Mama und Papa im Kräutergarten. Da haben wir so kleine Saatkörner gesehen", sagt Pipke und zeigt mit seinen Fingern, wie klein die Saatkörner waren. „Ja", sagt Popke, „wir haben geholfen, die Saatkörner in die Erde zu streuen."
Die anderen Kinder staunen und wollen mit ihren Eltern auch einmal in den Kräutergarten.
Die Kindergärtnerin ist erfreut und sagt: „Ja, im Kräutergarten könnt ihr schön sehen, wie alles wächst. Sicherlich wisst ihr auch, wie wichtig es ist, dass die Sonne scheint aber auch, dass es ab und zu regnet!" „Ja, das wissen wir. Und wir haben mitgeholfen Unkraut wegzumachen", berichtet Pipke, „das ist nämlich wichtig, damit die Pflanzen Platz haben, um gut wachsen zu können!"
„Das ist ja toll, dass ihr so gut mitgeholfen habt! Ihr habt wirklich viel gelernt!",

lobt die Kindergärtnerin. „Wisst ihr auch, was aus dem Getreide gemacht wird?"
„Ja, daraus wird Brot gebacken und Kuchen!", antwortet Popke. „Ja, das ist richtig und bevor es so weit ist, gibt es noch viel Arbeit: Erst muss das Getreide gedroschen werden; danach wird es gemahlen und gesiebt; so entsteht das Mehl, woraus wir Brot und Kuchen backen können", erklärt die Kindergärtnerin.
„Und aus gehackten Nüssen und Kakao wird leckere Nusscreme gemacht für aufs Brot!", weiß Pipke. „Ja, und aus Äpfeln können wir Apfelmus machen", ergänzt Popke.
„Das stimmt!", bestätigt die Kindergärtnerin und lacht. „Und aus dem Gemüse können wir eine herrliche Gemüsesuppe zubereiten und dazu essen wir ein Stück Brot. Helft ihr mit?"

Für die Eltern

Beim Erntedankfest wird Gott für seine Gaben gedankt. Es wird in den meisten christlichen Gemeinden am ersten Sonntag im Oktober gefeiert.

Minestrone (Gemüsesuppe)

Die meisten Kinder essen gerne Gemüsesuppe. Nehmen Sie eine Kräuterboullion und fügen Sie frisches Gemüse hinzu und Mohrrüben, Zwiebeln, dünne Nudeln oder Reis. Sie können auch Hackfleischbällchen in die Suppe geben. Würzen Sie die Suppe mit frischen Kräutern. Salzen ist nicht nötig, in der Boullion ist bereits reichlich Salz enthalten

Rezept für eine italienische Minestrone (8 Personen)

750g reife Tomaten, 3 rote Zwiebeln, 2 Stangen Staudensellerie, 4 Mohrrüben, 1 Zucchini, 250g Blumenkohl, 200g Erbsen, 250g Kirschtomaten, 4 Zehen Knoblauch, 250g weiße Bohnen (aus der Dose), 1 l Gemüseboullion, 2 Tl Balsamico Essig, 4 El Olivenöl, 2 El Rosmarin, 4 El fein geschnittene Petersilie, 4 El fein geschnittenes Basilikum, 4 El geriebener Parmesankäse.

Zubereitung

Den Ofen auf 220 Grad vorwärmen. Die gepellte Zwiebel in der Mitte durchschneiden und zusammen mit den Tomaten, Sellerie und Knoblauchzehen in einen Bräter geben. Das Gemüse mit dem Balsamico Essig und 2 El Olivenöl besprenkeln und umrühren. Dann den Bräter in die Mitte des Ofens stellen und das Gemüse 20 Minuten lang rösten.
Die beiden anderen Zwiebeln in dünne Ringe schneiden.
2 El Olivenöl in einen großen Topf geben und die Zwiebelringe und das Rosmarin darin bräunen.
Die Gemüseboullion dazu geben und kochen lassen.
Den gerösteten Knoblauch pellen und die Tomaten häuten. Die Flüssigkeit in einem Behälter auffangen.
Die Tomaten, den Saft, den Knoblauch, Zwiebeln und Stücke Sellerie pürieren und in die Suppe unterrühren. Die Suppe erneut zum Kochen bringen.
Mohrrüben und Zucchini klein schneiden, zusammen mit den Blumenkohlröschen und den Erbsen in den Topf geben und 10 Minuten köcheln lassen.
Die weißen Bohnen unter fließendem Wasser abspülen und mit den halbierten Kirschtomaten und 2 El klein gehackter Petersilie in die Suppe rühren.
Die Suppe mit Parmesankäse bestreuen und mit dem klein gehackten Basilikum und dem Rest Petersilie servieren.

Laternenumzug

„Mama, heute basteln wir im Kindergarten eine Laterne", ruft Pipke. „Kommst du uns helfen?", fragt Popke. „Ja, und Papa kommt auch mit. Dann basteln wir zwei Laternen, eine für Pipke und eine für Popke", sagt die Mutter fröhlich.

„Schön, dass Sie kommen konnten", begrüßt sie die Kindergärtnerin freundlich und gibt den Eltern schwarzen Karton, worauf sie mit weißer Kreide Figuren aufzeichnen und ausschneiden: Tannenbäume, Kerzen, Glocken, Mond und Sterne. Pipke und Popke kleben mit Bastelleim buntes Transparentpapier hinter die ausgeschnittenen Figuren.

„Schau, Mama, ich nehme rotes und gelbes Papier", sagt Popke. „Und ich klebe grünes Papier hinter den Tannenbaum", sagt Pipke. „Das macht ihr toll", lobt die Mutter.

„Ich bin fertig", sagt Pipke. „Ich auch", ruft Popke. Sie geben ihrem Vater die Kartons und er faltet daraus wunderschöne Laternen.

Bevor sie nach draußen gehen, erzählt die Kindergärtnerin die Geschichte des Heiligen St. Martin.
„Der Heilige St. Martin war ein freundlicher Mann. Als es einmal sehr kalt draußen war, hat er einem armen alten Mann, der nichts zum Anziehen hatte, die Hälfte seines Mantels gegeben.
„Oh, das ist aber lieb!", sagt Popke beeindruckt. „Ich will meinen Mantel auch mit einem armen alten Mann teilen", ruft Pipke voller Überzeugung.
Dann gehen sie nach draußen. „Hier sind die Windlichter", sagt die Mutter und stellt sie in die Laternen. Der Vater zündet sie an. „Oh, wie schön!", ruft Pipke und hält seine Laterne hoch. „Ja, meine auch, schau, Pipke, wie die Sterne leuchten!", sagt Popke und strahlt. Stolz laufen sie mit ihren Laternen hinter den anderen Kindern her.
„Vorsichtig! Nicht zu dicht hintereinander laufen!", sagt der Vater. „Nein, wir passen gut auf", beruhigt Popke ihren Vater. „Da bin ich aber erleichtert", sagt der Vater und schaut zur Mutter hinüber.
„Ja, wir haben vernünftige Kinder", stellt die Mutter fest und lächelt.
„Wollen wir ein Lied singen?", fragt die Kindergärtnerin. „Ja!", rufen alle Kinder und singen fröhlich ein Lied:

Ich gehe mit meiner Laterne und meine Laterne mit mir.
Da oben leuchten die Sterne, hier unten leuchten wir.
Wie schön das klingt, wenn jeder singt. Rabimmel, Rabammel, Rabumm.

Ich gehe mit meiner Laterne und meine Laterne mit mir.
Da oben leuchten die Sterne, hier unten leuchten wir.
Beschenkt uns heut, Ihr lieben Leut. Rabimmel, Rabammel, Rabumm.

Ich gehe mit meiner Laterne und meine Laterne mit mir.
Da oben leuchten die Sterne, hier unten leuchten wir.
Mein Licht ist aus, ich geh nach Haus. Rabimmel, Rabammel, Rabumm.

Für die Eltern

Martin war ein römischer Soldat. Er wurde 316 n. Chr. geboren. Bekannt wurde er, da er hilfsbedürftigen Menschen in der Not beistand und seinen Mantel mit einem armen alten Mann teilte. 371 n. Chr. wurde Martin zum Bischof von Tours gewählt.
An seinem Todestag, dem 11. November feiern wir den heiligen St. Martin.
Kinder ziehen mit ihren Laternen an Häusern vorbei und singen Lieder, um den Menschen Licht und Freude zu bringen.
Das Lied „Ich gehe mit meiner Laterne" ist ein deutsches Volkslied, die ursprüngliche Herkunft ist unbekannt.

Rezept für Waffeln mit Obstspiess

Teig: 200g Butter, 80g Zucker,
1 Päckchen Vanillezucker, 2 Eier, 200g Mehl,
1 Tl Backpulver, 125 ml Mineralwasser mit Kohlensäure

Zubereitung

Butter mit Zucker und Vanillezucker mixen. Eier ein nach dem anderen dazugeben. Mehl mit Backpulver mischen und hinzufügen. Mineralwasser dazugeben und alles mixen, dadurch wird der Teig schön locker. Waffeleisen vorheizen. Die Backflächen des Waffeleisens einfetten. 1 grossen El Teig auf das Waffeleisen geben, zuklappen und backen.

Obstspiess

Blaue und grüne Weintrauben, frische Ananas, Erdbeeren oder Obst nach eigener Wahl.

Zubereitung

Obst waschen, eventuell schälen und in Stücke schneiden und abwechselnd auf die Schaschlikspieße aufstecken.

Sommerfest

„Popke, hörst du die Musik?", Pipke läuft zu seinem Vater und fragt: „Was ist das für Musik, Papa?" „In der Stadt ist ein großes Fest", antwortet der Vater. „Oh, gehen wir dorthin?", fragt Pipke. „Ja, dort gibt es ein Kinderkarussell und eine Hüpfburg, Kinderschminken und eine Feinschmeckergasse!", antwortet die Mutter.
„Oh, ja, toll! Ich möchte gerne geschminkt werden", ruft Popke. „Und ich möchte auf die Hüpfburg! Darf ich?", fragt Pipke. „Bitte!", Pipke schaut seine Eltern fragend an.
„Na dann los!", sagt der Vater und nimmt Popke auf die Schulter.
„Juchhe!" Pipke läuft gleich voraus. „Dorthin!", ruft er, „von dort kommt die Musik!"
Sie kommen an einen Stand, wo die Kinder geschminkt werden können. „Ich möchte gerne einen Schmetterling!", sagt Popke. „Ja, das sieht schön aus", sagt die Mutter. „Komm, ich mache ein Foto!", sagt der Vater.
Dann kommen sie an der Hüpfburg vorbei. Pipke zieht gleich seine Schuhe aus. „Passe bitte auf, wo du hin springst", sagt die Mutter etwas besorgt. „Ja, ich passe auf", sagt Pipke und springt hoch in die Luft.

Nach einer Weile fragt Popke: „Mama, können wir etwas essen gehen? Ich habe Hunger."
„Ja, dort ist die Feinschmeckergasse. Dort können wir Asiatisch, Marokkanisch, Spanisch oder Türkisch essen, auch vegetarisch."
„Oh, schau mal, dort! Die Leute sind komisch angezogen!", sagt Pipke.
„Ja, an dem Stand dort wird wie im Mittelalter gekocht", sagt die Mutter.
„Ah, können wir dorthin gehen?", fragt Pipke. „Oh, sieh mal Popke, dort ist auch ein Lagerfeuer!", ruft Pipke begeistert und zieht seine Schwester gleich mit sich mit ohne eine Antwort abzuwarten.
„Ja, dorthin gehen wir", sagt der Vater.
Über dem Lagerfeuer steht ein Dreibein; daran ist ein Metallstab mit mehreren Zähnen befestigt, der aussieht wie ein Sägeblatt. An dem Metallstab hängt ein Topf mit Suppe. Eine Frau in einem langen Kleid steht daneben und hängt den Suppentopf etwas niedriger. „Dann wollen wir mal einen Zahn zulegen, damit die Suppe schneller kocht", sagt sie.
„Ach, von daher kommt der Ausdruck: 'einen Zahn zulegen', das ist interessant!", bemerkt die Mutter erstaunt.
„Ja, viele Ausdrücke kommen aus dem Mittelalter", sagt die Frau und lacht. „Zum Beispiel der Ausdruck 'etwas ausbaden'; früher mussten mehrere Leute nacheinander im gleichen Badewasser baden. Der Letzte musste dann anschließend die Wanne sauber machen – also ausbaden!"
„Uh, alle im gleichen Badewasser?", fragt Popke ungläubig. „Ja, das war früher so!", bestätigt der Vater. „Igittigitt", sagt Pipke und schüttelt sich.
„Was ist das für eine Suppe?", fragt Popke. „Das ist eine Eiersuppe", antwortet die Frau.
„Hoffentlich ist es kein Badewasser", sagt Pipke verschmitzt und grinst.
„Pipke!", mahnt die Mutter.
„Nein", lacht der Vater, „die Suppe schmeckt bestimmt sehr gut." Er bestellt für jeden eine Schale Suppe und dazu ein Stück Brot.
„Hm, die Suppe schmeckt lecker", sagt Popke. „Ja, mir schmeckt sie auch", erwidert Pipke.
Dann schlendern sie langsam über den Markt zurück nach Hause.

Für die Eltern

Für mittelalterliche Mahlzeiten werden vor allem frische Kräuter verwendet sowie Petersilie, Koriander, Thymian, Majoran, Liebstöckel, Kresse, Minze, Fenchelgrün, Rauke (Rucula), Ysop (Verwandter von Thymian und Salbei; es ist ein Gewürzkraut, das auch als Heilmittel eingesetzt werden kann).
Andere Gewürze sind: Pfeffer, Muskatnuss, Ingwer, Gewürznelken, Wacholderbeeren, Safran, Zimt usw.
Als Bindemittel kann altes Brot genommen werden.
Als Salat wird Rübenkraut, Rauke oder Spinat genommen.
Fleisch und Gemüse in Fleischbrühe kochen. Fleischmahlzeiten werden oft mit Beeren, Datteln oder Rosinen kombiniert. Dazu ein Stück Brot.
Frische Zutaten gebrauchen und Produkten der Saison.
Keine Kartoffeln, Blumenkohl, Wirsing, Paprika, Tomaten oder Auberginen verwenden.
Gegessen wurde mit den Händen und die Suppe mit dem Löffel.

Rezept für Suppe mit gestockten Eiern (10 Personen)

8 Eier, 1/2 Pfund geriebener Käse und Semmelmehl.
Petersilie, Koriander nach Geschmack
Ein Kessel mit 2 1/2 l Fleischbrühe, mit Safran gelb gefärbt.

Zubereitung

Aufgeschlagene Eier, Käse und Semmelmehl miteinander vermengen.
Fleischbrühe über dem Lagerfeuer kochen. Wenn es kocht, die Masse hineingeben und mit dem Holzlöffel umrühren. Wenn es dick ist, den Topf vom Feuer nehmen und in Schalen füllen.
Gewürze klein hacken und darüber streuen.

Rezept für Rote Rüben

2-3 Rote Beete, 1 TL Kümmel, 1/4 TL Anis, 1 TL Pfeffer, 1 EL Senf, 1 EL Honig, 1 EL Essig, ein paar Safranfäden, frische gehackte Petersilie

Zubereitung

Die Rote Beete abrubbeln und mit Wurzel, Schale und Stielansatz zugedeckt 1/2 Stunde kochen. Danach abgießen und unter fließendem Wasser schälen, dann in Scheiben schneiden.
Die restlichen Zutaten mischen und über die roten Rüben geben.

Schlitten fahren

„Komm Popke!", ruft Pipke seine Schwester. „Wir wollen mit Papa im Park Schlitten fahren." Juchhe, ich komme!", ruft Popke. Sie laufen beide zum Vater und fragen: „Gehen wir, Papa?"
„Wir können gleich weg", sagt der Vater lachend. „Zieht eure Jacken an und Mützen auf, es ist kalt draußen." Der Vater nimmt die Schlitten und dann laufen sie zum Park. Dort sind viele Hügel, von denen man herrlich runter fahren kann. Der Vater zieht den Schlitten mit Popke nach oben. Pipke zieht seinen Schlitten alleine hoch. „Puh, das ist ganz schön schwer", sagt er. „Ja, gleich hast du es geschafft, Pipke", sagt der Vater ermutigend. „Noch ein kleines Stück!" Oben angekommen, setzt sich Pipke auf seinen Schlitten und beide Kinder fahren mit ihren Schlitten den Hügel hinunter. „Juchhe!", rufen sie fröhlich.
Plötzlich fällt Popkes Schlitten um; sie ist mit ihrem Schlitten über ein Stück Holz gefahren und da liegt sie dann im Schnee. Pipke muss ganz laut lachen. „Hast du dir weh getan, Popke?", fragt der Vater besorgt. „Nein", sagt Popke, noch etwas benommen von dem Schreck. „Na, dann bin ich aber froh", sagt er,

„der Schnee ist ja schön weich." Pipke legt sich auch in den Schnee und rollt sich darin. „Jetzt siehst du wie ein Schneemann aus", sagt Popke und lacht schon wieder.
Nach einer Weile sagt der Vater: „Lasst uns jetzt nach Hause gehen. Mama hat bestimmt etwas Leckeres für uns."
„Hallo, Mama, wir sind ganz toll Schlitten gefahren!", ruft Pipke der Mutter zu. „Ja, und jetzt habe ich es ganz kalt! Brrr!", ruft Popke und klappert mit den Zähnen.
„Dann trinken wir jetzt etwas Warmes", sagt die Mutter. „Was haltet ihr von warmer Kräuterlimonade?" „O, ja, fein!", rufen Pipke und Popke und laufen mit der Mutter in die Küche. „Ich habe schon etwas vorbereitet", sagt die Mutter. „Hier ist Früchtetee mit Apfelsinenstückchen und Vanille." „Hm, das riecht gut", sagt Pipke. „Hm, ja, das duftet schön", sagt Popke. Die Mutter lächelt. „Nun geben wir noch Johannisbeersaft in den Tee und wärmen das Ganze auf, fertig."
Pipke und Popke setzen sich an den Tisch und bekommen jeder einen Becher herrliche Kräuterlimonade. „Hm, das schmeckt gut!"

Für die Eltern

Trinkrezept für kalte Tage

Das Getränk kann einen Tag vorher vorbereitet werden.

Zubereitung

4 Beutel Früchtetee in 1 l kochendem Wasser ziehen lassen. Danach die Teebeutel herausnehmen.
Eine Apfelsine heiß abwaschen und mit Schale in Stücke schneiden. In die Schale Gewürznelken stecken und zum Tee dazugeben. Vanilleschote halbieren, in Stücke schneiden und zusammen mit 2 Zimtstöckchen ebenfalls dem Tee zufügen.
Vor dem servieren 1/2l Johannisbeersaft zu dem Tee dazu gießen und aufwärmen, nicht kochen.
Die Kräuter und Apfelsinenstücke aus dem Tee herausholen, wenn es nicht zu stark werden soll.

Eine Schneehütte bauen

„Oh, es hat ganz viel geschneit!", ruft Pipke freudig. „Schau, Popke, schau, der viele Schnee!"
Popke kommt ans Fenster gelaufen und schaut hinaus. „Oh, wie schön!", ruft sie.
Sie laufen zu ihren Eltern.
„Dürfen wir nach draußen?", fragt Pipke. „Ja, was haltet ihr davon, wenn wir ein Iglu bauen?", fragt der Vater. „Was ist ein Iglu?", fragt Popke. "Ein Iglu ist eine Hütte aus Schnee", antwortet der Vater.
„Oh, ja, wir bauen eine Hütte aus Schnee!", ruft Pipke und springt vor Freude in die Luft.
Gleich laufen die Zwei zur Tür. „Nicht so schnell!", ruft der Vater lachend und läuft ihnen hinterher. Auch die Nachbarskinder spielen draußen im Schnee. Der Vater fragt: „Wollt ihr mithelfen? Wir wollen ein Iglu bauen."
„Das ist eine Hütte aus Schnee!", ruft Pipke. „Ja, toll!", rufen die Kinder und kommen angelaufen. „Früher haben in Kanada und Grönland die Inuit in Iglus gewohnt", erklärt der Vater. „Oh", sagt Popke erstaunt, „kann man darin schlafen?"

„Oh ja! Dürfen wir heute Nacht in dem Iglu schlafen?", fragt Pipke abenteuerlustig. „Nein, so dicht an der Straße ist das keine gute Idee", sagt der Vater lachend. „Ihr schlaft viel besser in eurem eigenen Bett." Popke nickt froh, denn sie findet das auch keine tolle Idee in der Schneehütte zu schlafen.
Dann kommt die Mutter mit leckerem Kakao aus dem Haus und fragt: „Wer möchte etwas trinken?" „Oh, herrlich!", sagt der Vater. „Ja, gerne!", rufen die Kinder. Die Mutter gibt jedem einen Becher Kakao und ein Haferflockenplätzchen.
„Hm, lecker!"
Danach wird an dem Iglu weitergebaut. Der Vater holt eine Laterne und stellt sie in das Schneehaus. „Das sieht schön aus", sagt Pipke. „Ja, das Licht scheint durch die Wand, das sieht gemütlich aus", sagt Popke.
Als es dunkel wird, ist es an der Zeit, wieder nach Hause zu gehen.
„Bis Morgen", rufen die Kinder. „Ja, bis Morgen", rufen Pipke und Popke.
Zu Hause hat die Mutter etwas Leckeres vorbereitet. „Hallo, da seid ihr ja und so pünktlich! Ich habe Gemüsespieße gemacht, wir können gleich essen."

Für die Eltern

Früher haben die Inuit in Iglus gewohnt. Das Wort bedeutet in der Sprache der Inuit: Haus.
Ein Iglu wird aus Schnee gebaut und das hat im kalten Norden viele Vorteile. Dadurch, dass die Schneeblöcke spiralförmig aufgebaut werden, ist das Haus sehr stabil. Außerdem ist Schnee kein Wärmeleiter, dadurch wird die Wärme festgehalten und so bleibt ein Iglu innen schön warm.
Eine Eisplatte kann als Fenster eingesetzt werden. Ein kleines Loch in der Wand, wo geschlafen wird, sorgt dafür, dass frische Luft reinkommt. Eine Lampe sorgt für die Wärme und das Licht.

Rezept Spiess mit geröstetem Gemüse

12 halbierte Champignons, 1 gelbe und 1 rote Paprika, 1 Zucchini, 1 kleine Zwiebel in Stücke geschnitten, 24 Lorbeerblätter, 125 ml Olivenöl, 2 El Zitronensaft, 1 Knoblauchzehe, Thymian und Holzspieße.

Zubereitung

Die Holzspieße eine Stunde lang in Wasser einweichen und dann abwechselnd ein Stück Gemüse und ein Lorbeerblatt darauf stecken. Die Spieße in eine Grillpfanne geben und darüber frisch gemahlenen Pfeffer streuen.
In einem Becher Olivenöl, Zitronensaft, Knoblauch und Thymian mengen und über die Spieße geben.
Die Spieße 3 Minuten auf jeder Seite rösten, bis sie schön braun sind.
Hierzu schmeckt eine Soße, gemacht aus gehackten Zwiebeln, Knoblauch, Tomaten und Basilikum, sehr lecker.

Auf dem Eis

Pipke und Popke haben Besuch; ihr kleiner Neffe Sem hat bei ihnen übernachtet. Am nächsten Morgen sind sie schon früh wach und laufen zu ihren Eltern in die Küche. „Guten Morgen, habt ihr gut geschlafen?" „Ja", rufen die drei munter. „Heute Nacht hat es gefroren", sagt die Mutter, „ich denke, dass der Teich zugefroren ist. Was haltet ihr davon, wenn wir nach dem Frühstück dort hingehen?" „Oh, ja, nehmen wir den Schlitten mit?", fragt Pipke. „Das ist eine gute Idee", sagt die Mutter. „Gehst du auch mit, Papa?", fragt Popke. „Ja, ich komme mit euch", antwortet der Vater, der schon das Frühstück gemacht hat.
Nach dem Frühstück laufen sie zum Teich. Es sind schon viele Kinder auf dem Eis. Einige laufen Schlittschuh und haben sich für ein Wettrennen aufgestellt. Andere probieren Pirouetten auf dem Eis zu drehen. „Willst du dich auf den Schlitten setzen, Sem?", fragt Pipke seinen kleinen Neffen. „Dann kann ich dich ziehen." „Oh, ja, darf ich mich auch auf den Schlitten setzen?", fragt Popke. „Ja, du kannst dich ruhig dazu setzen; auf dem Eis ist es nicht so schwer, den Schlitten zu ziehen", Pipke lacht. Sem und Popke setzen sich auf den Schlitten und Pipke zieht sie im Kreis. Popke und Sem müssen sich gut festhalten, damit sie nicht runterfallen. „Juchhe!"

Aber nach einer Weile wird es Popke kalt. „Brr, wann gehen wir nach Hause?", fragt Popke. „Mir ist nicht kalt", sagt Pipke. „Nein, das glaube ich!", sagt der Vater und lacht. „Es ist ja auch anstrengend, den Schlitten zu ziehen; dadurch ist es dir warm."
„Wie geht es denn unserem kleinen Sem?", fragt die Mutter.
„Gut, das macht Spaß", antwortet Sem.
„Na, wenn Sem und Popke es noch eine Weile aushalten, kannst du dich zu ihnen auf den Schlitten setzen, Pipke. Wenn ihr wollt, ziehe ich euch alle drei noch mal", schlägt der Vater vor. Das lässt sich Pipke nicht zweimal sagen und setzt sich zu Popke und Sem dazu. „Haha, das ist toll!"
Der Vater zieht sie ein ganzes Stück, und als er in die Kurve gehen will, wäre er beinahe ausgerutscht. Aber nach einem kleinen Balanceakt kommt er wieder ins Gleichgewicht. „Das ist nochmal gut gegangen", lacht er.
„Ja", sagt die Mutter, die sich erschrocken hatte. „Dann gehen wir jetzt nach Hause. Ich mache etwas Leckeres zu Essen. Was haltet ihr von einer Gemüsepfanne?" „Ja, lecker!", rufen die Kinder.

Für die Eltern

Rezept für eine Gemüsepfanne (für 4 Personen)

2 Zwiebeln, 1 rote und 1 gelbe Paprika, 1 Zucchini, 100g grüne Bohnen, 2 Knoblauchzehen, 4 El Olivenöl, 1 El Tomatenpüree, 1 Dose Tomatenstücke, 1/4 l Wasser.
(Das Gericht muss mit Wasser bedeckt sein), frisch gemahlener Pfeffer, 150g geriebenen Käse, 2 El feingehackte Petersilie zum Garnieren.

Zubereitung

Zwiebeln pellen und klein hacken, die Paprika in Streifen schneiden und die Zucchini in Scheiben schneiden. Die grünen Bohnen säubern, in der Mitte brechen und 10 Minuten kochen lassen. Knoblauch fein schneiden. In einer Pfanne Olivenöl erhitzen und die Zwiebel darin dünsten. Nach 1 Minute den Knoblauch und das Tomatenpüree dazugeben und umrühren. Anschließend die Paprika, Zucchini, grünen Bohnen und Tomatenstücke in die Pfanne geben, frisch gemahlenen schwarzen Pfeffer darüber streuen und alles gut umrühren. Wasser dazugeben so dass das Gemüse bedeckt ist. Das Gemüse kochen und danach auf niedriger Temperatur noch 10 Minuten köcheln lassen. Anschließend das Gemüse in eine ofenfeste Schale füllen und geriebenen Käse darüber streuen; die Schale für einige Minuten in den vorgewärmten Ofen stellen (180 Grad), bis der Käse geschmolzen ist. Vor dem Servieren mit Petersilie garnieren.

Plätzchen backen

Pipke und Popke sind bei Tante Eva zu Besuch. "Schade, dass es regnet", sagt Pipke und schaut enttäuscht aus dem Fenster. „Ja, jetzt können wir nicht raus gehen", sagt Popke traurig.
„Na, dann machen wir doch etwas Anderes", schlägt Tante Eva vor. „Wollt ihr Plätzchen backen?"
„Ja, Plätzchen backen!", ruft Popke froh und hat ihre Trauer vergessen. „Ja, Plätzchen backen, das ist eine gute Idee!", freut sich Pipke.
Die Tante lacht. „Na, dann kommt. Gehen wir in die Küche. Was brauchen wir alles?", fragt Tante Eva fröhlich. „Eier", ruft Pipke. „Mehl", ruft Popke. „Ja, und was sonst noch?", fragt die Tante. „Butter", antwortet Pipke. „Stimmt, und ein wenig Zucker", sagt Tante Eva. „Das geben wir nun alles in eine große Schüssel und dann dürft ihr den Teig rühren." Pipke nimmt einen Schneebesen und rührt den Teig. Popke streut etwas Mehl auf den Tisch, damit der Teig gut ausgerollt werden kann und nicht kleben bleibt. „Gut so", sagt die Tante. „Ich kenne ein schönes Lied. Wollen wir singen?" Tante Eva beginnt zu singen und Pipke und Popke stimmen in den Refrain mit ein.

Heute wollen wir Plätzchen backen. Du hilfst mir, ich helfe dir.
Lasst uns mal eine Schüssel packen. Du hilfst mir, ich helfe dir.

Die Zutaten werden gerührt. Du hilfst mir, ich helfe dir.
Das wird super ausgeführt. Du hilfst mir, ich helfe dir.

Schnell den Löffel abgeleckt. Du hilfst mir, ich helfe dir.
Ob der Teig auch gut schmeckt. Du hilfst mir, ich helfe dir.

Hm, der Teig schmeckt lecker. Du hilfst mir, ich helfe dir.
Genauso gut, wie vom Bäcker. Du hilfst mir, ich helfe dir.

Nun stechen wir die Plätzchen aus. Ich helfe dir, du hilfst mir.
Dafür bleiben wir gern zu Haus. Ich helfe dir, du hilfst mir.

Die Plätzchen in den Ofen dann. Ich helfe dir, du hilfst mir.
Aufpassen, dass nichts passieren kann. Ich helfe dir, du hilfst mir.

Warten, bis sie braun gebacken sind. Ich helfe dir, du hilfst mir.
Über Plätzchen freut sich jedes Kind. Ich helfe dir, du hilfst mir.

Und sind die Plätzchen klar. Ich helfe dir, du hilfst mir.
Können wir sie essen, hurra, hurra. Du hilfst mir, ich helfe dir.

„Die Plätzchen sind gut gelungen", sagt die Tante, während sie die Plätzchen aus dem Ofen holt. „Aber aufpassen, sie sind noch sehr heiß!" „Hm, das riecht gut!", freut sich Pipke und fragt: „Können wir die Plätzchen noch verzieren, Tante Eva?" „Ja, sobald sie etwas abgekühlt sind, könnt ihr sie verzieren." „Dürfen wir ein Plätzchen probieren, Tante Eva?", fragt Popke. „Ja, gleich, erst koche ich uns noch einen Pfefferminztee. Der schmeckt lecker zu den Plätzchen und dann nehmt ihr für Mama und Papa auch ein paar Plätzchen mit nach Hause."
„Ja, toll! Dann freuen sich Mama und Papa."

Für die Eltern

Kinder backen gerne Plätzchen. Der Teig ist einfach zu machen und leicht zu kneten. Mit Förmchen können aus dem Teig verschiedene Figuren ausgestochen werden.

Anstelle von Weizenmehl können Sie auch Vollkornmehl benutzen und Zucker können Sie durch einen Süßstoff ersetzen, der auch zum Kochen und Backen geeignet ist. Meistens handelt es sich um künstliche Süßstoffe. Eine Alternative ist: Stevia. Dieser Süßstoff wird aus der Steviapflanze gewonnen (nur der Extrakt kann gebraucht werden, nicht die Pflanze selbst).

Rezept für 8 Personen

240g Mehl, 160g Butter, 100g brauner Zucker, Mandeln, Nüsse oder Rosinen.

Zubereitung

Mehl und Zucker in einer Schüssel mengen.
Butter in kleinen Stücken dazu geben. Die Zutaten kneten, zu einer Kugel formen und 20 Minuten im Kühlschrank ruhen lassen. Den Ofen auf 160 Grad vorwärmen. Eventuell Mandeln oder Nüsse in der Pfanne rösten. Den Teig aus dem Kühlschrank nehmen und 1 cm dick ausrollen. Mit Förmchen die Plätzchen ausschneiden und auf das mit Backpapier ausgelegte Backblech legen, 20 Minuten im Ofen backen.
Mit diesem Basisrezept können Sie verschiedene Sorten Plätzchen backen, z.B. mit Schokoladenstreusel, Marzipan oder Nüssen.

Zum Verzieren

Für die Glasur: Eiweiß und Eigelb trennen.
Eiweiß schlagen und langsam 250g Puderzucker hinzufügen und eventuell etwas Zitronensaft. Tröpfchenweise Wasser hinzugeben, bis die Masse klebrig wird. Anstelle von Wasser können Sie auch Früchte-Sirup nehmen und damit die Glasur einfärben.

Popke macht ihren Freischwimmer

Pipke kann schon schwimmen und Popke hat auch Schwimmunterricht. Heute kann sie ihren Freischwimmer machen. Das findet Popke sehr aufregend. Ein wenig beunruhigt sagt sie zur Mutter: „Ich hoffe, dass ich meinen Kopf über Wasser halten kann, wenn wir Wassertreten müssen!" Die Mutter lacht und sagt: „Das kannst du ganz bestimmt, Popke, du hast doch gut geübt!" „Ja, das kannst du!", sagt Pipke zuversichtlich. „Ich komme auch mit und drücke dir die Daumen!" „Ja", sagt die Mutter, „ich mache mir keine Sorgen. Du kannst es!"
„Schau Popke, hier ist ein Foto vom Baby-Schwimmkurs." Pipke zeigt Popke ein Foto und lacht.
„Wir sind schon ins Schwimmbad gegangen, als ihr noch ganz klein wart.

An Wasser seid ihr beide gewöhnt!", sagt die Mutter und schaut sich das Foto an.
Dann gehen sie gemeinsam ins Schwimmbad und Popke zieht sich in der Umkleidekabine um. Die Mutter hilft ihr. Pipke ist schon in die Schwimmhalle gegangen und sucht einen schönen Platz, von dem aus er Popke ermutigen kann.
Popke kommt angelaufen und meldet sich beim Schwimmlehrer. „Hallo Popke, schön, dass du hier bist. Wir können gleich beginnen."
Popke springt ins Wasser und schwimmt mit den anderen Kindern mehrere Bahnen.
„Das geht gut!", sagt Pipke und lacht. „Ja", sagt die Mutter und freut sich auch. „Nun müssen sie noch Wassertreten."
Popke schaut zur Mutter hinüber und hält ihre Finger hoch. „Ja, gut, Popke, du kannst es! Nicht aufgeben!", ruft Pipke seiner Schwester zu.
Endlich ist die Zeit um und der Bademeister gibt ein Zeichen, dass sich die Kinder ausruhen können. Popke ist glücklich und strahlt.
Alle Kinder haben es geschafft und können beim Schwimmlehrer ihr 'Freischwimmer-Abzeichen' abholen. Pipke ist ganz stolz auf seine Schwester und nimmt sie in die Arme.
„Das hast du gut gemacht, Popke!", sagt die Mutter. „Ich lade euch ein. Möchtet ihr etwas trinken?" „Ja, ich möchte gerne einen Eistee", sagt Pipke. „Darf ich ein Eis haben, Mama?", fragt Popke. „Ja, heute wird gefeiert", sagt die Mutter und lächelt.

Für die Eltern

Eistee kann man gut selbst machen

Morgens eine Kanne Tee aufsetzen, je nach Geschmack entweder Kräutertee so wie Pfefferminz oder Kamille oder Hagebutte oder Früchtetee und ziehen lassen. Dann den Teebeutel herausnehmen und den Tee abkühlen lassen. Wenn der Tee abgekühlt ist, kann man ihn in den Kühlschrank stellen. Wenn man möchte, kann man noch Zitronensaft in den Tee geben.

Selbstgemachtes Milcheis

500 ml fettarme Milch, 2 El Zucker oder Süßstoff und 1 Tl Vanille aus einer Vanilleschote.
An Stelle von Milch kann man auch Joghurt nehmen.

Zubereitung

Förmchen für das Eis kurz mit lauwarmem Wasser spülen, dann lässt es sich leichter aus den Förmchen lösen.
In einen Messbecher Milch, Vanille und Süßstoff geben und umrühren. Anschließend in Förmchen gießen und in den Gefrierschrank stellen.
Natürlich können auch andere Geschmacksrichtungen gewählt werden, z.B. Banane, Zitrone oder Erdbeere.

Was ist ein Teduki?

Pipke und Popke kommen aus dem Kindergarten gerannt. „Hallo, Mama", rufen sie. „Hallo, ihr beiden, war es schön?", fragt die Mutter. „Ja, es war toll!", antworten beide. Neben ihnen läuft ihre Freundin Tamara. „Mama, dürfen wir heute Mittag bei Tamara spielen?", fragt Popke. „Das müssen wir erst Tamaras Mutter fragen", antwortet die Mutter. „Dürfen wir?", fragen die Kinder im Chor und schauen Tamaras Mutter ganz lieb an.

„Das ist eine gute Idee; ihr könnt gerne kommen", sagt sie und lacht. „Um 15 Uhr, geht das?"

„Oh, ja, juchhe!", rufen die Kinder ganz glücklich.

Um 15 Uhr gehen sie gemeinsam zu Tamaras Wohnung und klingeln. Tamara wartet schon ganz ungeduldig. „Kommt, wir gehen draußen spielen. Zum Abendessen hat meine Mutter einen Salat für uns gemacht."

Nach dem Spielen ruft Tamaras Mutter die Kinder rein. „Hände waschen und dann können wir essen." Die Kinder kommen schnell angerannt. In der

Küche ist der Tisch schon gedeckt. „Oh, das ist eine schöne Tischdecke!", sagt Popke und zeigt auf den Tisch. „Die Tischdecke nennt man Teduki." „Teduki?" wundert sich Pipke. „Das Wort kommt von 'Teetuch', aus dem Holländischen, und bedeutet eigentlich Geschirrtuch", erklärt Tamaras Mutter. „Das ist Patchwork, eine alte Tradition auf Curacao."
„Ah und was ist Patchwork?", fragt Pipke. „Patchwork ist, wenn allerlei verschiedene Stoffe mit unterschiedlichen Mustern aneinander genäht werden. Dadurch gibt es viele Möglichkeiten verschiedene schöne Tücher herzustellen."
„Die Tischdecke ist wirklich sehr schön", stimmt die Mutter zu. „Oh, kann ich auch so eine schöne Tischdecke haben?", fragt Popke. „Nicht doch, Popke!", mahnt die Mutter. Aber Tamaras Mutter lacht und sagt: „Ich freue mich, dass euch das Teduki gefällt! Ich werde mal schauen, ob ich noch eins habe." Sie läuft aus dem Zimmer und kommt nach einer Weile mit einem wunderschönen Teduki zurück. „Hier bitte, Popke." „Oh, danke!", freut sich Popke.
Dann setzten sich alle an den Tisch und lassen sich den herrlichen Salat gut schmecken.

Für die Eltern

Curacao ist eine der drei Inseln in der Karibik, die zu den Niederländischen Antillen gehören:
Aruba, Bonnaire und Curacao.

Rezept für einen tropischen Salat als Hauptgericht (4 Personen)

400g geräuchertes Hühnerfilet, 200g Rucula Salat, 200g gemischter Salat, 4 Scheiben frische Ananas, 4 dicke Scheiben Papaya, 1 Avocado, 1 Mango, 15 Kirschtomaten, 1 Fläschchen Honig-Senf-Soße, 12 Silberzwiebeln, 1 Handvoll Pinienkerne, Baguette und Kräuterbutter

Zubereitung

Die Beutel Salat in einer großen Schüssel miteinander mischen.
Die Ananas und Papaya in Stücke schneiden, die Avocado und Mango in Scheiben schneiden, die Kirschtomaten halbieren.
Alles in den Salat geben, Hühnerfilet und Silberzwiebeln dazu geben und umrühren.
Die Pinienkerne in der Pfanne leicht rösten und über den Salat streuen.
Mit dem Baguette und Kräuterbutter servieren.

Weihnachten

„Heute bekommen wir unseren Weihnachtsbaum!", ruft Pipke fröhlich.
„Ja, Papa fährt gleich los und holt einen schönen Baum für uns", sagt die Mutter.
„Juchhe!", freut sich Popke, „dürfen wir helfen, den Baum zu schmücken?"
„Ja, hier habe ich den Weihnachtsschmuck", sagt die Mutter.
„Komm, Popke, wir helfen Mama auspacken. Oh, schau mal, hier ist eine Spieldose." Pipke dreht an einem Schlüsselchen und es erklingt die Melodie:
Oh, Tannenbaum, oh Tannenbaum, wie grün sind deine Blätter.
„Oh, wie schön", sagt Popke und dreht sich im Kreis.
„Ah, meine kleine Ballerina!", sagt die Mutter und lächelt.
Dann hören sie den Vater nach Hause kommen. Pipke öffnet schnell die Tür.
„Du hast einen schönen Baum ausgesucht!", ruft Pipke lobend. Der Vater bringt stöhnend den Baum rein und fragt die Mutter:„Kannst du mithelfen ihn

aufzustellen?" „Ja, hier ist ein Eimer", sagt die Mutter und packt gleich mit an. „Au, die Nadeln piksen!", sagt sie. „Warte", sagt der Vater, „ich halte den Baum fest, dann kannst du die Backsteine zur Stütze in den Eimer legen." „Das mache ich – geschafft!", sagt die Mutter froh.
„So, nun kommt erst die Lichterkette in den Baum und der Stern auf die Baumspitze", sagt der Vater, „dann könnt ihr die Weihnachtskugeln und Figuren in den Baum hängen."
„Ja!", rufen Pipke und Popke begeistert und helfen eifrig mit, den Baum zu schmücken.
„Und nun bauen wir noch die Weihnachtskrippe auf." Popke schaut sich das kleine Jesuskindchen an. „Das Kindchen muss in die Krippe", erklärt Pipke seiner Schwester; „Und diese beiden Figuren sind Josef und Maria, die Eltern von Jesus."
„Kommt ihr? Wir können jetzt essen", ruft die Mutter, „wir machen heute Abend Raclette."
„Hm, ich bekomme sicherlich Popkes Portion", scherzt der Vater. „Nein, aber du kannst etwas ab haben", sagt Popke. „Ach, das ist aber lieb von dir, Popke, das du etwas abgeben möchtest", sagt die Mutter. Dann legt jeder etwas in sein Pfännchen und lässt es sich gut schmecken.
Nach dem Essen geht der Vater kurz raus und Pipke und Popke helfen der Mutter den Tisch abzuräumen.
Dann hören sie ein Glöckchen klingeln. „Ich glaube, wir sollen kommen", flüstert die Mutter und schaut Pipke und Popke vielversprechend an.
„Komm, Popke, komm!", ruft Pipke und läuft zur Tür. Popke lässt sich das nicht zweimal sagen und läuft mit Pipke mit. Der Vater hat inzwischen die Lichter angemacht und die Kerzen angezündet. Im Hintergrund spielt Weihnachtsmusik. „Oh, wie schön, Papa!", rufen Pipke und Popke und strahlen. „Ah, was liegt dort unter dem Baum?", fragt Pipke. Popke läuft gleich hin und schaut nach. „Ein Geschenk!", ruft Popke und freut sich. „Und noch ein Geschenk", ruft Pipke und jubelt.
Pipke und Popke sind glücklich und packen schnell ihre Geschenke aus.

Für die Eltern

Weihnachten

In Deutschland ist der Heilige Abend, der 24.12., für die Familie ein sehr wichtiger Feiertag. An dem Tag bekommen die Kinder abends Geschenke. Es wird gefeiert, dass in der Nacht Jesus geboren wurde. Weihnachten ist ein christliches Fest und wird in vielen Teilen der Welt gefeiert.
Der römische Kaiser Augustus wollte eine Volkszählung abhalten. Darum kehrten Josef und Maria, die hochschwanger war, nach Bethlehem zurück. Weil nirgendwo ein Platz für sie war, wurden sie in einem Stall untergebracht, wo Maria Jesus zur Welt brachte.
In der Nähe waren Hirten und es erschien ihnen ein Engel. Er erzählte ihnen, dass der Messias (Erlöser) geboren war, ein König, der die Menschen von allem Leid befreien würde. Die Hirten gingen nach Bethlehem und fanden das Kind in der Krippe.
Im Osten sahen die Heiligen Drei Könige einen Stern am Himmel, dem sie folgten; er führte sie zu dem Kind, dem sie Geschenke brachten: Weihrauch, Gold und Myrrhe.
Auch Herodes hörte von der Geburt. Da er keinen anderen König neben sich duldete, gab er den Befehl, alle neugeborenen Kinder zu töten.
Ein Engel warnte Josef und Maria und so konnten sie rechtzeitig flüchten. Nach Herodes' Tod kehrten sie zurück und gingen nach Nazareth.

Ursprünglich wurde nach der langen dunklen Periode im Winter gefeiert, dass die Tage wieder länger wurden. Der Weihnachtsbaum ist eine alte germanische Tradition.
In vielen Ländern wird an Weihnachten ein Weihnachtsbaum aufgestellt.
Oft ist es so, dass die Kinder den Baum nicht vor dem Heiligen Abend sehen, sondern erst durch das Klingeln eines Glöckchens ins Zimmer gerufen werden.
Oder aber die Kinder helfen mit, den Baum zu schmücken.

Ideen für Raclette

Kinder finden Raclette herrlich. Sie können selbst wählen, was sie gerne essen möchten. Sie können Pilze oder Lauchgemüse, Paprika, Zucchini, Broccoli, Tomaten oder Mohrrüben in ihre Pfännchen tun, aber auch Obst wie z.B. Ananas, Bananen oder Erdbeeren, und dann geriebenen Käse darüber streuen.
Es ist auch möglich, Teig auf den Tisch zu stellen, dann können sich die Kinder selbst Pfannkuchen in ihren Pfännchen backen, lecker mit Rosinen oder Apfelstücken.
Außer Würstchen und Fleisch können auch Scampi und Fisch auf das Backblech gelegt werden. Dazu Baguette mit getrockneten Tomaten, Pesto (s. die Geschichte vom Kräutergarten), Kräuterbutter und Knoblauch.

Für einen herrlichen Duft können Sie sorgen, indem Sie einen Topf kochendes Wasser mit Vanille, Zimt und Apfelsine, gespickt mit Gewürznelken, auf den Tisch stellen.

Die Mutter liest Peterchens Mondfahrt vor

„Mama, schau mal! Der Mond! Der ist ganz groß!", ruft Pipke und zeigt auf den Mond.
„Ja, es ist Vollmond", sagt die Mutter.
„Schau! Er hat ein Gesicht!", stellt Popke fest und winkt dem Mond zu.
„Ja, es schaut so aus, als ob der Mond ein Gesicht hat", bestätigt die Mutter.
„Ist der Mond weit weg?", fragt Pipke. „Ja, sehr weit", antwortet die Mutter.
„Oh, siehst du die vielen Sterne, Mama? Die leuchten so schön!", ruft Popke.
Die Mutter lächelt und sagt: „Ja, heute könnt ihr die Sterne sehr gut sehen. Es ist kein Wölkchen am Himmel."
„Warum ist der Mond manchmal groß und manchmal klein?", fragt Pipke. „Das kommt daher, weil sich der Mond und die Erde um die Sonne drehen", erklärt die Mutter. „Der Mond scheint nicht selbst, wir können ihn sehen, weil die Sonne auf den Mond scheint." „Ah, dann ist die Sonne eine Lampe!", sagt Popke aufgeweckt. „Ja, und wenn der Mond zwischen der Sonne und der Erde steht, kann man ihn von der Erde aus nicht sehen, denn dann ist die Sonne hinter dem Mond." Pipke nickt. Die Mutter erzählt weiter: „Und weil sich Mond und Erde langsam weiterdrehen, kommt wieder mehr Sonnenlicht auf den Mond und so können wir jeden Tag etwas mehr von dem Mond sehen." „Oh", sagt Popke ganz andächtig. „Warum ist es abends dunkel?", fragt Pipke. „Weil die Erde sich selbst

auch dreht, ist es tagsüber hell und abends dunkel.
Darum ist es jetzt auch an der Zeit, ins Bett zu gehen", sagt die Mutter lachend. „Soll ich euch vor dem Schlafengehen noch eine Geschichte vorlesen?"
„Oh, ja!", rufen die Kinder und springen schnell ins Bett. Die Mutter nimmt das Buch 'Peterchens Mondfahrt' von Gerdt von Bassewitz und liest vor:

Vor sehr langer Zeit hatte der Urgroßvater des kleinen Maikäfers Herr Sumsemann, ein Beinchen verloren. Das kam so: Ein Holzdieb wollte einen Baum fällen, worauf der Urgroßvater schlief. Als er vom Lärm wach wurde, wollte er schnell wegfliegen, aber es war leider schon zu spät. Ein Beinchen blieb am Baum hängen. Die Nachtfee sah das. Sie war sehr böse auf den Holzdieb und verbannte ihn auf den Mond. Nun hatten alle Kinder und Kindeskinder des Maikäfers nur noch fünf Beinchen. Darüber war Herr Sumsemann sehr traurig. Die Nachtfee hatte Mitleid mit dem kleinen Käfer und sagte ihm, dass es eine Möglichkeit gibt, sein Beinchen zurückzuholen. Er müsse zwei sehr liebe Kinder finden, die mit ihm zum Mond fliegen wollten.
Das war nicht einfach; es dauerte sehr lange, bis Herr Sumsemann endlich zwei liebe Kinder gefunden hatte: Peter und Anneliese. Die beiden sahen Herrn Sumsemann auf der Fensterbank sitzen; er erzählte ihnen seine Geschichte und fragte, ob sie mit ihm zum Mond fliegen wollten. Die Kinder fanden es schrecklich, was ihm passiert war und stimmten gleich zu.
Herr Sumsemann brachte ihnen das Fliegen bei, so dass sie schneller reisen konnten. Peter und Anneliese packten schnell ein Körbchen mit Äpfeln, als Proviant für unterwegs. Peter nahm noch seinen Teddybär mit und Anneliese ihre Puppe. Dann konnte die Reise beginnen.
Sie flogen über die Milchstraße zum Sternenpark. Dort trafen sie den Sandmann. Er war gerade damit beschäftigt, die Sterne unartiger Kinder zu putzen. Jedes Kind auf der Erde hat nämlich einen eigenen Stern.

Die Sterne unartiger Kinder waren matt und hatten viele Flecke. Die Sterne artiger Kinder waren strahlend hell. Der Sandmann fragte Herrn Sumsemann, was er denn wolle? Dieser erzählte ihm seine Geschichte, und dass er endlich zwei artige Kinder gefunden hatte, die mit ihm zum Mond fliegen wollten. Der Sandmann wollte sich vergewissern, ob die Kinder denn wirklich artig waren und rief die kleinen Sternchen von Peter und Anneliese zu sich. Tatsächlich, die Sternchen glänzten und strahlten! Der Sandmann war sehr zufrieden und gab ihnen einen Mondschlitten, mit dem sie auf der Milchstraße zur Nachtfee fahren konnten.

Die Sternchen versprachen, Herrn Sumsemann und den beiden Kindern zu helfen, wenn sie in Not wären.

Peter und Anneliese fuhren, gemeinsam mit Herrn Sumsemann, auf dem Schlitten weiter über die Milchstraße und erlebten viele Abenteuer. Sie trafen auf Naturgeister, die ihnen viele Schwierigkeiten bereiteten: den Sturmriesen, den Donnermann und den Wassermann. Doch als die Kinder jedem einen Apfel gaben, waren die Naturgeister freundlich, denn sie fanden die Äpfel sehr lecker. Sie ließen die drei weiter reisen und versprachen ihnen, in Not zu helfen.

Als die drei bei der Nachtfee ankamen, war dort gerade ein großes Fest zugange. Die Nachtfee hatte viele Gäste: Die Windliese, die Blitzhexe, den Eismax und die Wolkenfrau.

Herr Sumsemann erzählte ihnen seine Geschichte. Sie waren sehr beeindruckt und bewunderten den Mut der Kinder.

Die Fee rief den großen Bär und befahl ihm, mit Herrn Sumsemann und Peter und Anneliese zum Mond zu fahren. Erst wollte er nicht, aber die Kinder gaben auch ihm einen Apfel, so dass er einwilligte, sie zum Mond zu bringen. Er raste mit ihnen durch die Nacht.

Beim Mond angekommen trafen sie auf den Mann im Mond. Peter fragte nach dem Beinchen, aber das wollte der Mann im Mond nicht zurückgeben; darum mussten sie mit ihm kämpfen. Das war aber gar nicht einfach und so baten sie alle, denen sie auf ihrer Reise begegnet waren, zu kommen und zu helfen. Der Mann im Mond war aber sehr stark, darum hatten sie es sehr schwer.

Sie riefen nun auch die beiden Sternchen von Peter und Anneliese; diese kamen gleich angeflogen und weil sie so glänzten, blendeten sie den Mann im Mond, so dass dieser nichts mehr sehen konnte und weglief. Er kam nie mehr zurück.

Peter konnte nun endlich auf den Baum klettern und Herrn Sumsemanns Beinchen herunterholen und ihm geben. Herr Sumsemann war überglücklich und tanzte einen Freudentanz. Nun war es an der Zeit wieder nach Hause zurückzukehren.

Es wurde eine Zauberformel gesprochen und Peter und Anneliese fielen sanft vom Mond runter und landeten wieder heil in ihrem Bett.

Als sie am nächsten Morgen wach wurden, war alles wieder da: der Teddybär, die Puppe und das Körbchen mit den Äpfeln. Auf dem Fensterbrett saß Herr Sumsemann und hatte sechs Beinchen. Sie gingen zu ihm und ließen ihn nach draußen fliegen.

Als die Mutter die Geschichte zu Ende gelesen hatte, schliefen Pipke und Popke ganz fest und träumten bestimmt von einer Reise zum Mond.

Für die Eltern

Peterchens Mondfahrt ist ein Märchen für Kinder von Gerdt von Bassewitz.

Rezept für Zimtsterne (60 Plätzchen)

4 Eiweiß, 500g Puderzucker, 30g Zimt,1 1/2 El Zitronensaft, 550g fein gemahlene Mandeln, Vanillezucker.

Zubereitung

Eiweiß steif schlagen, Puderzucker unterrühren.
Vom Eischnee 4 El für die Glasur abnehmen.
Zimt, Zitronensaft, Mandeln unter den Rest Eischnee mit einem Mixer auf niedriger Stufe unterrühren. Zu einer Kugel formen und für 1 Std. in den Kühlschrank stellen.
Die Arbeitsfläche mit Mandeln bestreuen und den Teig ca. 1 cm dick darauf ausrollen. Mit einem Messer aus dem Teig Sterne ausschneiden und auf Backpapier auf das Backblech legen.
Die Sterne mit dem Eiweißgemisch bestreichen.
Ofen auf 170 Grad vorheizen. 10-12 Min. backen.

Was ist Ayurveda ?

„Popke, hast du die Klingel gehört? Da kommt jemand!", ruft Pipke und läuft zur Tür. Popke läuft hinterher. Die Mutter hat die Tür schon aufgemacht. „Grüß dich Vera, komm herein. Diese beiden hier sind meine Kinder Pipke und Popke. „Hallo, schön euch kennenzulernen, ich bin Vera", stellt sich Mutters Freundin vor.
„Wer ist Vera?", fragt Pipke neugierig seine Mutter. „Vera ist eine Freundin, die ich von früher her kenne; sie wohnt jetzt in unserer Stadt. Ich möchte mich gerne mit ihr über Ayurveda unterhalten."
„‘Uuur...eda‘ was?", fragt Popke.
„Ayurveda! Es kommt ursprünglich aus Indien und es geht darum, dass Körper, Geist und Seele im Gleichgewicht stehen müssen", antwortet Vera.
„Geist?", wundert sich Pipke. „Geist?", wiederholt Popke fragend. „Ein Gespenst?"
„Mit dem Geist ist euer Denkvermögen gemeint, dass ihr gut denken könnt und mit der Seele, wie ihr euch fühlt, ob es euch gut geht und ihr glücklich seid", erklärt Vera.
„Ach so!" sagt Pipke.
„Ich bin glücklich, Mama", sagt Popke und umarmt ihre Mutter.
„Oh, das ist aber schön!", sagt die Mutter und lächelt. „Wollt ihr in euer Zimmer gehen und spielen?"

„Nein, wir wollen auch etwas über 'Urda-eda' hören", sagt Pipke. „ 'Ju-reda' ", verbessert Popke.
Die Mutter lacht: „Von beidem etwas: Ayurveda."
„Vera, kann ich dir einen Tee oder Kaffee anbieten?", fragt die Mutter.
„Ja, gerne, einen Tee bitte." „Und dann musst du mir etwas über Ayurveda erzählen! Mich interessiert vor allem mehr über die Ernährung zu erfahren!", sagt die Mutter.
„Ja, das mache ich gerne", antwortet Vera.
„Eine ausgewogene Ernährung mit frischen Nahrungsmitteln, die gut bekömmlich sind und liebevoll serviert werden, ist wichtig für das leibliche Wohl und die Seele der Kinder." „Dass wir glücklich sind!", wirft Popke ein.
„Und der Geist ist wichtig!", weiß Pipke zu ergänzen. Vera lacht. „Das stimmt. Es ist wichtig, auf eine gesunde Ernährung zu achten. Es gibt so viele negative Umwelteinflüsse.
„Dadurch leiden viele Kinder an Hyperaktivität." „Was ist Hüper...was?", fragt Popke.
„Hyperaktiv ist, wenn Kinder nicht still sitzen können", erklärt Vera. „Vor allem Zucker spielt hier eine Rolle."
„Ja, ich habe gehört, dass zu viel Zucker nicht gut ist", sagt die Mutter. „Auch zu scharfes Essen und zu viel Salz sind ungesund."
„Das ist richtig. Gut sind Vollkornprodukte, Gemüse, je nach Jahreszeit, Fisch und Geflügel", sagt Vera. „Auch ist es wichtig, sich an feste Essenzeiten zu halten, am besten drei Hauptmahlzeiten und zwei kleinere Zwischenmahlzeiten."
„Oh, ja, wo wir gerade über Mahlzeiten sprechen; ich habe für uns etwas vorbereitet. Ich hoffe, es schmeckt."
„Ja, Mama hat lange nach einem Rezept gesucht", sagt Popke. Die Mutter lacht. „Ja, das stimmt."
Sie setzen sich an den Tisch. „Das sieht sehr gut aus", sagt Vera.
Beim Essen erzählt sie, dass in der ayurvedischen Lehre von den drei Dosha's gesprochen wird.
„Was ist das, Dosha?", fragt Pipke interessiert. Die Dosha's basieren auf den Elementen: Erde, Wasser, Feuer, Luft und Äther.
„Was ist Äther?", fragt Popke. „Damit ist der Himmel gemeint", antwortet Vera.
„Oh!", Popke nickt beeindruckt.
„Es ist wichtig, dass die Elemente im Gleichgewicht sind. Das kann man mit gesunder Ernährung und viel Bewegung erreichen", erklärt Vera.
„Wir gehen immer in den Turnunterricht!", sagt Pipke. „Ja, und ich kann jetzt schwimmen!", sagt Popke strahlend. „Das ist ja super!", lobt Vera. „Bei euch ist bestimmt alles in gutem Gleichgewicht."

Für die Eltern

In der ayurvedischen Lehre ist es wichtig auf gesunde Ernährung zu achten, so dass Körper, Geist und Seele im Gleichgewicht sind.
Es gibt so viele negative Umwelteinflüsse.
Viele Kinder leiden an Hyperaktivität und Konzentrationsstörungen.
Auch kommt durch falsche Ernährung oft Asthma, Neurodermitis und Übergewicht vor oder Allergien. Zucker, scharfes Essen und zu viel Salz sind ungesund.
Gut sind Vollkornprodukte, Gemüse, je nach Jahreszeit, Fisch und Geflügel.
Am besten sind Produkte aus der eigenen Region, die nicht mit Antibiotika und Hormonen behandelt sind, ohne Konservierungsmittel und Geschmacksverstärker. Diese Produkte bilden eine gute Basis für eine harmonische Entwicklung der Kinder. Die Kinder werden ruhiger und können besser lernen.
Auch ist es wichtig, sich an feste Essenzeiten zu halten, am besten drei Hauptmahlzeiten und zwei kleinere Zwischenmahlzeiten. Hierbei ist wichtig zu beachten, dass eine Zwischenmahlzeit erst angeboten werden sollte, wenn die Mahlzeit davor gut verdaut ist.
Auch sollte zum Essen nicht viel getrunken werden, höchstens eine Tasse warmer Tee.
In der ayurvedischen Lehre wird von den drei Dosha's gesprochen.
Die Dosha's basieren auf den Elementen: Erde, Wasser, Feuer, Luft und Äther.
Es ist wichtig, dass die Elemente im Gleichgewicht sind. Das erreicht man mit gesunder Ernährung und viel Bewegung.
Nahrung mit viel Gemüse, Getreide, Obst und Hülsenfrüchte sind für Kinder gut geeignet.
Eiweiß als Baustoff, Kohlenhydrate wie Ballaststoffe und hochwertige Fette wie ungesättigte Fettsäuren, die vor allem in Fisch vorkommen, sind wichtig, genau wie Mineralstoffe, Spurenelemente und Vitamine.
Gewürze, wie Zimt, Koriander, Anis, Fenchel, Kurkuma, Basilikum regulieren den Stoffwechsel.
Ingwer hilft bei der Verdauung.
Keine scharfen Gewürze verwenden, sie reizen den kleinen Magen.

Optimal ist:
Morgens Haferbrei mit frischem oder gedünstetem Obst. Obst nicht gemeinsam mit Milch verzehren. Mittags Eiweiß, d.h. Fisch, Geflügel oder Hülsenfrüchte, Reis und Gemüse.
Abends Suppe, getoastetes Brot (kein Weizen), etwas gedünstetes Gemüse.

Vitamin B6 kommt vor in Hühnerfleisch, Rind- und Schweinefleisch und Leber; in Fisch (Sardine und Makrele); in Vollkornprodukten; in Gemüse (Kartoffeln, grüne Bohnen, Erbsen, Brokkoli, Rosenkohl, Spinat und Tomaten) und in Obst (Avocados, Bananen und Walnüssen)

Vitamin B12 (Cobalamin) ist am Abbau bestimmter Fettsäuren beteiligt und unterstützt die Blutbildung. Vitamin B12 kommt vor in Fleisch, Fisch, Eiern, Milch und Milchprodukten. In geringen Mengen kann das Vitamin auch in pflanzlichen Produkten wie Sauerkraut enthalten sein.

Vitamin C (Ascorbinsäure) ist ein Antioxidans. Freie Radikale, die im Körper entstehen, werden beseitigt; das ist wichtig für das Immunsystem. Außerdem fördert Vitamin C die Aufnahme von Eisen im Darm; das hilft krebserregende Verbindungen in Lebensmitteln unschädlich zu machen.
Vitamin C kommt vor in frischem Obst und Gemüse wie Beeren und Zitrusfrüchten, Kohl, Paprika und Kartoffeln.

Vitamin D stärkt die Knochen und hat Einfluss auf die Muskelkraft.
Vitamin D kann mit Hilfe des Sonnenlichtes zum großen Teil im Körper selbst gebildet werden; dabei ist es nicht nötig, lange in der Sonne zu liegen, besonders nicht wegen der Sonnenbrandgefahr und des erhöhten Risikos auf Hautkrebs.
Vitamin D kommt vor in fetten Fischsorten (Lachs, Hering und Makrele), in Leber, Eigelb und einigen Speisepilzen.

Vitamin E ist ein Zellschutzvitamin. Es schützt die Körperzellen vor schädlichen Einflüssen, zum Beispiel vor aggressiven Sauerstoffverbindungen (freie Radikale). Die Schutzfunktion von Vitamin E betrifft speziell auch den Fettstoffwechsel. Kosmetikhersteller setzen Vitamin E bisweilen Hautcremes und Sonnenschutzmitteln zu, weil es die Haut pflegen soll.
Gute Quellen für Vitamin E sind in erster Linie pflanzliche Öle. Nüsse, Samen, Butter und Eier enthalten ebenfalls Vitamin E, wenn auch in geringeren Mengen.

Vitamin K ist wichtig für die Bildung der Gerinnungsfaktoren.
Bei Frauen hilft es nach den Wechseljahren den Knochenabbau zu verhindern.
Vitamin K kann auch durch Bakterien im Darm hergestellt werden; es ist aber nicht klar, in wieweit es eine große Rolle spielt.
In der Muttermilch ist Vitamin K enthalten aber in einer zu geringen Dosierung; darum wird Neugeborenen durch den Kinderarzt zusätzlich Vitamin K gegeben.
Vitamin K kommt vor in grünem Blattgemüse (Spinat, Salat), Kohl und Hülsenfrüchten.

Damit der Mensch überleben kann, benötigt er auch **Mineralstoffe**; sie sind an verschiedenen Stoffwechselvorgängen und Prozessen im Körper beteiligt: Salz- und Wasserhaushalt, Immunsystem, Nervenfunktion und Knochenbildung. Manche Mineralstoffe sind in größeren Mengen nötig, andere in kleineren Mengen, die Spurenelemente.

Natrium und **Chlorid** sind wichtig für den Salz- und Wasserhaushalt unseres Körpers.
Bei hohem Blutdruck soll eine salzreiche Nahrung (Natriumchlorid) vermieden werden.
Wer zur Behandlung des Bluthochdruckes bestimmte Medikamente wie Diuretika (Entwässerungstabletten) einnimmt, sollte seine Kaliumwerte kontrollieren lassen.

Kalium ist wichtig für die Funktion der Zellen und des Wasserhaushalts unseres Körpers und wird für die Funktionen von Herz- und Kreislauf, Muskeln, Nieren und Enzymen benötigt.
Kalium kommt vor in Obst und Gemüse (Spinat, Feldsalat), Vollkornbrot, Fleisch und Fisch.

Phosphor ist wichtig für den Knochenaufbau und Zähne und spielt eine Rolle bei der Energiegewinnung und Aufbau der Zellwände.
Phosphor kommt in vielen Lebensmitteln vor, vor allem in Nüssen, Hülsenfrüchten, Obst und Gemüse.

Kalzium ist wichtig für starke Knochen und gesunde Zähne sowie für die Funktion des Herzens, der Nerven, Muskeln und Blutgerinnung.
Kalzium kommt vor in Milch und Milchprodukten (Käse, Quark und Joghurt), Mineralwasser, Nüsse und grünem Gemüse (Spinat oder Brokkoli).

Magnesium ist an zahlreichen Stoffwechselprozessen im Körper beteiligt; es ist wichtig für die Muskel- und Nervenfunktion.
Magnesium kommt vor in Weizenkleie, Nüssen und Sonnenblumenkernen.

Spurenelemente:
Eisen ist wichtig für die Blutbildung im Körper. Es kommt vor in Fleisch und in pflanzlichen Lebensmitteln (Spinat, rote Bete und Haferflocken). Vegetarier sollten ein Glas Orangensaft zur Mahlzeit einnehmen, das erleichtert die Eisenaufnahme aus vegetarischer Kost.

Jod ist wichtig für die Produktion der Schilddrüsenhormone, die wiederum viele Wachstums- und Stoffwechselprozesse im Körper steuern. Bei Jodmangel kann sich ein Kropf bilden. Jod kommt vor in Seefisch oder auch in jodiertem Speisesalz.

Fluorid hilft Karies vorzubeugen.
Fluorid kommt vor in geringen Mengen in Garnelen und Krustentieren, Fleisch und Milchprodukten. Oft wird Speisesalz und Trinkwasser mit Fluoriden angereichert und es wird an verschiedenen Zahncremes zugefügt. Zu viel Fluorid ist aber nicht gesund. Darum sollen Kinder eine spezielle Kinderzahnpasta benutzen.

Zink ist an zahlreichen Prozessen in unserem Körper beteiligt, es hilft beim Alkoholabbau und stärkt unser Abwehrsystem.
Zink kommt vor in Fleisch, Austern, Nüssen und Getreideprodukten, vor allem Vollkornprodukte enthalten Zink.

Selen spielt auch eine Rolle beim Schutz der Körperzellen vor schädlichen freien Radikalen. Selen kommt vor in tierischen Lebensmitteln (Fleisch und Fisch) und in pflanzlichen Nahrungsmitteln (Paranüsse, Pilze, Spargel, Hülsenfrüchte).

Kupfer wirkt antioxidativ und ist an verschiedenen Prozessen im Körper mitbeteiligt.
Kupfer kommt in vielen Lebensmitteln vor sowie in Krustentieren, Nüssen und Getreideprodukten.

Mangan ist für verschiedene Stoffwechselprozesse im Körper wichtig.
Mangan kommt vor allem in pflanzlichen Lebensmitteln vor wie Getreide, Soja, Hülsenfrüchte und Reis.

Molybdän ist am Harnsäurestoffwechsel beteiligt, am Abbau von Hormonen wie Adrenalin und von schwefelhaltigen Eiweißen im Körper.
Molybdän kommt in sehr vielen Lebensmitteln vor wie in Hülsenfrüchten und Eiern.

Eine Richtlinie für den Kalorienbedarf pro Tag

	normal	aktive Kinder
Jungen 1 bis 3 Jahre alt:	1100 Kcal	1200 Kcal
Jungen 4 bis 8 Jahre alt:	1500 Kcal	1700 Kcal
Jungen 9 bis 13 Jahre alt:	2200 Kcal	2500 Kcal
Mädchen 1 bis 3 Jahre alt:	1000 Kcal	1100 Kcal
Mädchen 4 bis 8 Jahre alt:	1400 Kcal	1500 Kcal
Mädchen 9 bis 13 Jahre alt:	2100 Kcal	2300 Kcal

Vielleicht möchten Sie eine Gewichts- und Größentabelle führen, um die Maße Ihres Kindes zu notieren.

Gewichtstabelle in Kg

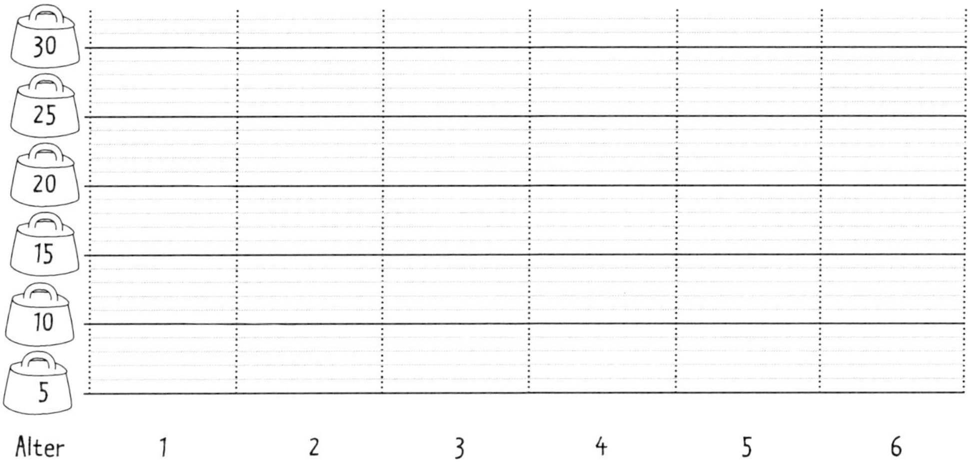

Größentabelle in Cm

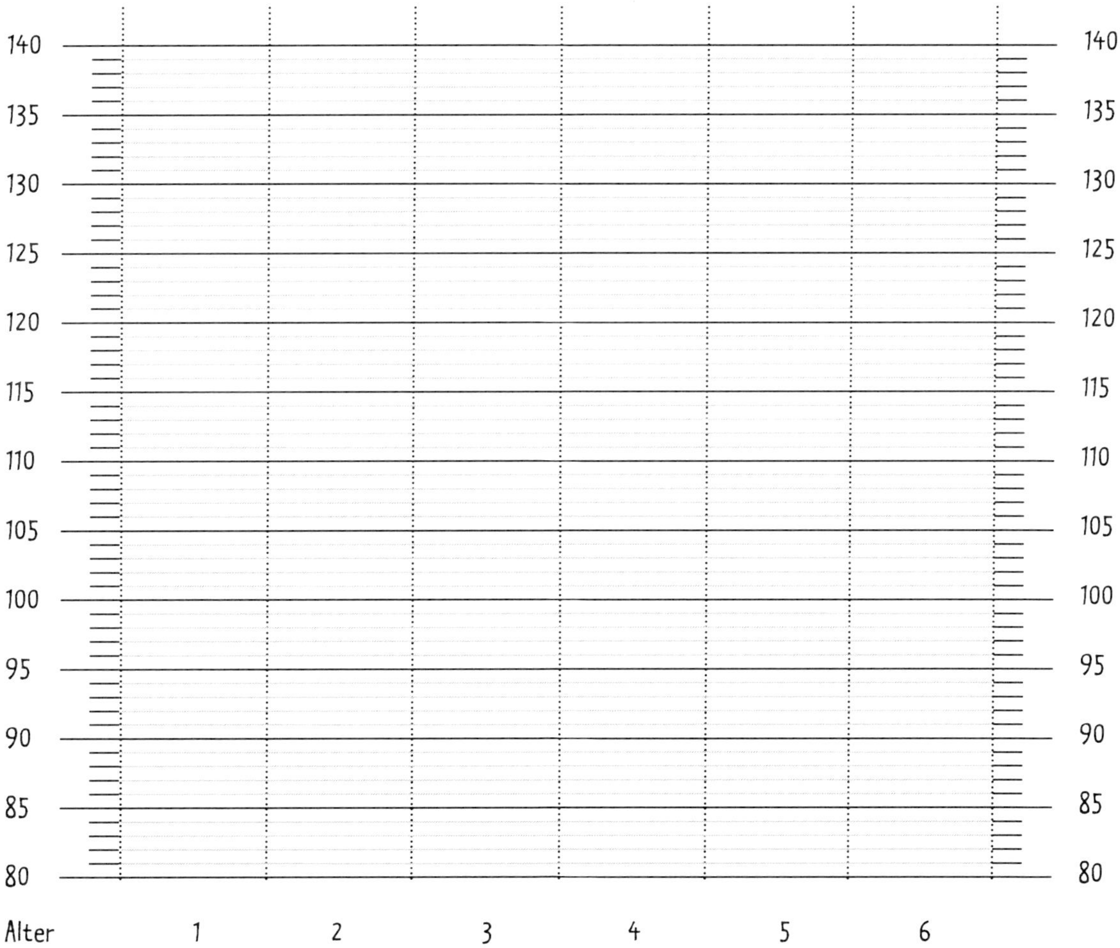